谷川俊太郎詩選集 2

谷川俊太郎
田　原 編

集英社文庫

谷川俊太郎詩選集　2　目次

谷川俊太郎詩選集 1 収録詩集

谷川俊太郎詩選集　3　収録詩集

『メランコリーの川下り』　1988
『魂のいちばんおいしいところ』　1990
『女に』　1991
『詩を贈ろうとすることは』　1991
『子どもの肖像』　1993
『世間知ラズ』　1993
『ふじさんとおひさま』　1994
『モーツァルトを聴く人』　1995
『真っ白でいるよりも』　1995
『クレーの絵本』　1995
『やさしさは愛じゃない』　1996
『みんな　やわらかい』　1999
『クレーの天使』　2000
『minimal』　2002
『夜のミッキー・マウス』　2003
『シャガールと木の葉』　2005
「単行詩集未収録詩篇」　1972〜2004

谷川俊太郎書簡インタビュー
解説——田原
谷川俊太郎　年譜
谷川俊太郎著書目録

谷川俊太郎詩選集 2

『定義』より　　　　　　　　――一九七五年　思潮社

なんでもないものの尊厳

なんでもないものが、なんでもなくごろんところがっていて、なんでもないものと、なんでもないものとの間に、なんでもない関係がある。なんでもないものが、何故此の世に出現したのか、それを問おうにも問いかたが分らない。なんでもないものは、いつでもどこにでもさりげなくころがっていて、さしあたり私たちの生存を脅かさないのだが、なんでもないもののなんでもなさ故に、私たちは狼狽しつづけてきた。なんでもないものは、毛深く手に触れてくることがあるし、眩しく輝いて目に訴えることがある。騒がしく耳を聾することがあるし、酸っぱく舌を刺戟することがある。だがなんでもないものは、他のなんでもないものと区別されると、そのなんでもなさを決定的に失う。なんでもないものを、一個の際限のない全体としてとらえることは、それを多様で微

細な部分としてとらえることと矛盾しないが、なんでもな（以下抹消）

――筆者はなんでもないものを、なんでもなく述べることができない。筆者はなんでもないものを、常に何かであるかのように語ってしまう。その寸法を計り、その用不用を弁じ、その存在を主張し、その質感を表現することは、なんでもないものについての迷妄を増すに過ぎない。なんでもないものを定義できぬ理由が、言語の構造そのものにあるのか、或いはこの文体にあるのか、はたまた筆者の知力の欠陥にあるのかを判断する自由は、読者の側にある。

コップへの不可能な接近

それは底面はもつけれど頂面をもたない一個の円筒状をしていることが多い。それは直立している凹みである。重力の中心へと閉じている限定された空間である。それは或る一定量の液体を拡散させることなく地球の引力圏内に保持し得る。その内部に空気のみが充満している時、我々はそれを空と呼ぶのだが、その場合でもその輪廓は光によって明瞭に示され、その質量の実存は計器によるまでもなく、冷静な一瞥によって確認し得る。

指ではじく時それは振動しひとつの音源を成す。時に合図として用いられ、稀に音楽の一単位としても用いられるけれど、その響きは用を超えた一種かたくなな自己充足感を有していて、耳を脅かす。それは食卓の上に置かれる。また、人の手につかまれる。しばしば人の手からすべり落ちる。事実それはたやすく故意に破壊することができ、破片と化することによって、凶器となる可能性をかくしている。

だが砕かれたあともそれは存在することをやめない。この瞬間地球上のそれらのすべてが粉微塵(こなみじん)に破壊しつくされたとしても、我々はそれから逃れ去ることはできない。それぞれの文化圏においてさまざまに異なる表記法によって名を与えられているけれど、それはすでに我々にとって共通なひとつの固定観念として存在し、それを実際に(硝子(ガラス)で、木で、鉄で、土で)製作することが極刑を伴う罰則によって禁じられたとしても、それが存在するという悪夢から我々は自由ではないにちがいない。

それは主として渇きをいやすために使用される一個の道具であり、極限の状況下にあっては互いに合わされくぼめられたふたつの掌以上の機能をもつものではないにもかかわらず、現在の多様化された人間生活の文脈の中で、時に朝の陽差のもとで、時に人工的な照明のもとで、それは疑いもなくひとつの美として沈黙している。

我々の知性、我々の経験、我々の技術がそれをこの地上に生み出し、我々はそれを名づけ、きわめて当然のようにひとつながりの音声で指示するけれど、それが本当は何なのか――誰も正確な知識を持っているとは限らないのである。

りんごへの固執

紅いということはできない、色ではなくりんごなのだ。丸いということはできない、形ではなくりんごなのだ。酸っぱいということはできない、味ではなくりんごなのだ。高いということはできない、値段ではないりんごなのだ。きれいということはできない、美ではないりんごだ。分類することはできない、植物ではなく、りんごなのだから。

花咲くりんごだ。実るりんご、枝で風に揺れるりんごだ。雨に打たれるりんご、ついばまれるりんご、もぎとられるりんごだ。地に落ちるりんごだ。腐るりんごだ。種子のりんご、芽を吹くりんご。りんごと呼ぶ必要もないりんごだ。りんごでなくてもいいりんご、りんごであってもいいりんご、りんごであろうがなかろうが、ただひとつのりんごはすべてのりんご。

紅玉だ、国光だ、王鈴だ、祝だ、きさきがけだ、べにさきがけだ、一個のりんごだ、三個の五個の一ダースの、七キロのりんご、十二トンのりんご二百万トンのりんごなのだ。生産されるりんご、運搬されるりんごだ。計量され梱包され取引されるりんご。消毒されるりんごだ、消化されるりんごだ、消費されるりんごである、消されるりんごです。りんごだあ！　りんごか？

それだ、そこにあるそれ、そのそれだ。そこのその、籠の中のそれ。テーブルから落下するそれ、画布にうつされるそれ、天火で焼かれるそれなのだ。子どもはそれを手にとり、それをかじる、それだ、その。いくら食べてもいくら腐っても、次から次へと枝々に湧き、きらきらと際限なく店頭にあふれるそれ。何のレプリカ、何時(いつ)のレプリカ?

答えることはできない、りんごなのだ。問うことはできない、りんごなのだ。語ることはできない、ついにりんごでしかないのだ、いまだに……

灰についての私見

どんなに白い白も、ほんとうの白であったためしはない。一点の翳(かげ)もない白の中に、目に見えぬ微小な黒がかくれていて、それは常に白の構造そのものである。白は黒を敵視せぬどころか、むしろ白は白ゆえに黒を生み、黒をはぐくむと理解される。存在のその瞬間から白はすでに黒へと生き始めているのだ。

だが黒への長い過程に、どれだけの灰の諧調を経過するとしても、白は全い黒に化するその瞬間まで白であることをやめはしない。たとえ白の属性とは考えられていないもの、たとえば影、たとえば鈍さ、たとえば光の吸収等によって冒されているとしても、白は灰の仮面のかげで輝いている。白の死ぬ時は一瞬だ。その一瞬に白は跡形もなく霧消し、全い黒が立ち現れる。だが――

どんなに黒い黒も、ほんとうの黒であったためしはない。一点の輝きもない黒の中に目に見えぬ微少な白は遺伝子のようにかくれていて、それは常に黒の構造そのものである。存在のその瞬間から黒はすでに白へと生き始めている……

世の終りのための細部

風もないのに青いりんごが枝から落ちる。放たれた羊たちは鳴き始め、夜になっても鳴き止まない。軋んでいた扉が羽根のように軽くなり、栞が頁の間からこぼれ、それから突然、竣工したばかりの歌劇場で、歌声が桟敷席までとどかなくなる。ステインドグラスに亀裂が走るのは仕方ないとしても、子供等が泣かなくなるのは耐え難い。蟻が巣に戻れなくなって、草の間で迷い、音叉時計の音叉がおしなべて半音高く響き始める頃には、何度たくしあげても靴下はずり落ち、卓子(テーブル)の脚は麻痺し、壁紙は発疹する。だが嫉妬と呼ばれる感情は消失するどころかますます激しさを加え、何ひとつ決定出来ぬため、家長たちの腹部は板状に硬直し、舟底状に陥没する。珈琲豆の在庫が底をつき、横を向いていたジャックが正面を凝視する頃になると、動物園の駱駝(らくだ)がうっそりと街に歩み出てくる。星々がいざりのようににじり寄り、鉄の彫刻が大槌に鋳直され、マンダラの仏たちが裾をからげて河をさかのぼり、孕んだ女たちが何ごとかも知らずに行列をつくり、すべての出来事は次の出来事の前兆となり、それでもなお勲章が授けられ、けれど徐々に世界の細部はその凹凸と、特有の臭気を喪失し始める。

螺旋は伸び切り、直線は緊張を忘れて撓(たわ)み、円は歪み、平行線は互いに外側へと背き合う。その滑稽を笑おうにも、筋肉はすでに皮膚に属していない。ブリキの破片の如きものが絶え間なく空から降ってくる。白痴の顔に、ついに人間が実現し得なかった叡智の影が宿る。大気が真空に吸いこまれてゆく。地球上のあらゆる言語が、文字を持つものも持たぬものも、Oの形の叫びに収斂し、その叫びを沈黙がゆるやかに渦巻きながら抱きとってゆく時、たんぽぽの種子がひとつ、地上に到達しようとむなしく頬のあたりをただよっている。

な

十月二十六日午後十一時四十二分、私はなと書く。なの意味するところは、一、日本語中のなというひらがな文字。二、なという音によって指示可能な事、及び物の幻影及びそこからの連想の一切。即ちなにはなに始まり全世界に至る可能性が含まれている。三、私がなと書いた行為の記録。四、及びそれらのすべてに共通して内在している無意味。

十月二十六日午後十一時四十五分、私は書いたなを消しゴムで消す。なのあとの空白の意味するところは、前述の四項の否定、及びその否定の不可能なる事。即ちなを書いた事並びに消した事を記述しなければ、それらは他人にとって存在せず従ってその行為は失われる。が、もし記述すれば既に私はなを如何なる行為によっても否定し得ない。なはかくして存在してしまった。十月二十六日午後十一時四十七分、私は私の生存の形式を裏切る事ができない。言語を超える事ができない。ただ一個のなによってすら。

『夜中に台所でぼくはきみに話しかけたかった』より　――一九七五年　青土社

芝生

そして私はいつか
どこかから来て
不意にこの芝生の上に立っていた
なすべきことはすべて
私の細胞が記憶していた
だから私は人間の形をし
幸せについて語りさえしたのだ

夜中に台所でぼくはきみに話しかけたかった

1

男と女ふたりの中学生が
地下鉄のベンチに座っていてね
チェシャイア猫の笑顔をはりつけ
桃色の歯ぐきで話しあってる

そこへゴワオワオワオと地下鉄がやってきて
ふたりは乗るかと思えば乗らないのさ
ゴワオワオワオと地下鉄は出ていって
それはこの時代のこの行の文脈さ

何故やっちまわないんだ早いとこ
ぼくは自分にかまけてて

きみらがぼくの年令になるまで
見守ってやるわけにはいかないんだよ

2　武満徹に

飲んでるんだろうね今夜もどこかで
氷がグラスにあたる音が聞える
きみはよく喋り時にふっと黙りこむんだろ
ぼくらの苦しみのわけはひとつなのに
それをまぎらわす方法は別々だな
きみは女房をなぐるかい？

3　小田実に

総理大臣ひとりを責めたって無駄さ
彼は象徴にすらなれやしない
きみの大阪弁は永遠だけど
総理大臣はすぐ代る

電気冷蔵庫の中にはせせらぎが流れてるね
ぼくは台所でコーヒーを飲んでる
正義は性に合わないから
せめてしっかりした字を書くことにする

それから明日が来るんだ
歴史の中にすっぽりはまりこんで
そのくせ歴史からはみ出してる明日が
謎めいた尊大さで

夜のうちにおはようと言っとこうか

4　谷川知子に

きみが怒るのも無理はないさ
ぼくはいちばん醜いぼくを愛せと言ってる

しかもしらふで

にっちもさっちもいかないんだよ
ぼくにはきっとエディプスみたいな
カタルシスが必要なんだ
そのあとうまく生き残れさえすればね
めくらにもならずに

合唱隊は何て歌ってくれるだろうか
きっとエディプスコンプレックスだなんて
声をそろえてわめくんだろうな

それも一理あるさ
解釈ってのはいつも一手おくれてるけど
ぼくがほんとに欲しいのは実は
不合理きわまる神託のほうなんだ

5

きいた風なこと言うのには飽きちゃったよ
印刷機相手のおしゃべりも御免さ
幽霊でもいいから前に座っててほしいよ
いちいち返事されるのもうるさいけど

金は木の葉に変るといいと思うよ
全部じゃなくて半分くらい
そしたら木の葉を眺めて
一日中ぼんやり座っていられる

遠くから稲光が近づいてきて
やがて雨が降ってくるのもいいな
泥棒が入るのだっていいかもしれない
法律の文章にくらべればね

幽霊がだんだん若返って
たとえば毒を盛られる前のお岩に戻ったら
ぼくは彼女を幸せにできるだろうか

6

全然黙っているっていうのも悪くないね
つまり管弦楽のシンバルみたいな人さ
一度だけかそれともせいぜい二度
精一杯わめいてあとは座ってる
座ってる間何をするかというと
蜂を飼うのもいいな
とするとわめく主題も蜂についてだ
蜂についてだけれどおのずから
人生を語ることになってるだろう

たとえギャーッてわめいてもね
声音が全くちがうのさ
何と言うか声帯ものどちんこも舌も
極めて分厚くなっていると思うんだ
それでいてかたくはなくてね

唾もとんで

7

葉書を書くよ
葉書には元気ですなどと書いてあるが
正確に言うとちょっと違うんだな
元気じゃないと書くのも不正確で
真相はつまりその中間
言いかえれば普通なんだがそれが曲者(くせもの)さ
普通ってのは真綿みたいな絶望の大量と

鉛みたいな希望の微量とが釣合ってる状態で
たとえば日曜日の動物園に似てるんだ
猿と人間でいっぱいの

とにかく葉書を書くよ
葉書には元気ですと書くよ
コーラを飲んでから
きみとぼくとどっちが旅に出てるのか
それもよく分らなくなってるけど

草々

8　飯島耕一に

にわかにいくつか詩みたいなもの書いたんだ
こういう文体をつかんでね一応
きみはウツ病で寝てるっていうけど

ぼくはウツ病でまだ起きてる
何をしていいか分らないから起きて書いてる
書いてるんだからウツ病じゃないのかな
でも何もかもつまらないよ
モーツァルトまできらいになるんだ
せめて何かにさわりたいよ
いい細工の白木の箱か何かにね
さわれたら撫でたいし
もし撫でられたら次にはつかみたいよ
つかめてもたたきつけるかもしれないが
きみはどうなんだ
きみの手の指はどうしてる
親指はまだ親指かい?
ちゃんとウンコはふけてるかい
弱虫野郎め

9

題なんかどうだっていいよ
詩に題をつけるなんて俗物根性だな
ぼくはもちろん俗物だけど
今は題をつける暇なんかないよ

題をつけるならすべてとつけるさ
でなけりゃこんなところだ今のところとか
庭につつじが咲いてやがってね
これは考えなしに満開だからきれいなのさ
だからってつつじって題もないだろう

つつじのこと書いてても
頭にゃ他の事が浮かんでるよ
ひどい日本語がいっぱいさ
つつじだけ無関係ならいいんだけど

魂はひとつっきりなんでね

10　チャーリー・ブラウンに倣って

寝台の下にはきなれた靴があってね
それでまた起き上る気になったのさ今朝
全く時間てのは時計にそっくりだね
飽きもせずよく動いてくれるもんだよ

話題を変えよう

雑草の上を風が吹いてゆくよ
見尽した風景をぼくはふたたび見てみてる

話題って変りにくいな

11

見も知らぬ奴がいきなりヘドを吐きながら
きみに向って倒れかかってきたら
きみはそいつを抱きとめられるかい
つまりシャツについたヘドを拭きとる前にさ

ぼくは抱きとめるだろうけど
抱きとめた瞬間に抱きとめた自分を
ガクブチに入れて眺めちまうだろうな
他人より先に批評するために

ヘドのにおいにヘドを吐くのは
うちに帰ってからだ
これは偽善よりたちが悪いな

こんな例をもち出すってのが

すでにやりきれないってきみは言うんだろ
でももう書いちゃったんだ

どうする?

12

鉛筆を床に落っことしたらひどい音がした
女房が寝返りを打った
こんなことを書く気になるのも
ぼくが過去を失っているからだ
過去をふり返るとめまいがするよ
人間があんまりいろいろ考えてるんで
正直言ってめんどくさいよ
そのくせ自分じゃ何ひとつ考えられない
ぼくは自分を鉛筆の落ちた音のように感ずる
カチャンコロコロ……

過去がないから未来もない音だね

それでと——
ちょっともう続けようがないなこの先は

13　湯浅譲二に

日比谷公園の噴水が七色に照明されて
その真中に男がひとり立ってた
しぶきを浴びて両手をひろげて立ってた
まわりに人だかりがして拍手の音もした
まだまだ風は冷たかったよ

陽が落ちるまで野外音楽堂で
ぼくはフォークコンサートを聞いていたのだ
紙飛行機が何台も飛んで——墜落して
バンジョーの音が響き

木々の梢が風に揺れよく似た歌がいっぱい
音楽がぼくをダメにし音楽がぼくを救う
音楽がぼくを救い音楽がぼくをダメにする

14　金関寿夫に

ぼくは自分にとてもデリケートな
手術をしなきゃなんない
って歌ったのはベリマンでしたっけ自殺した
うろ覚えですが他の何もかもと同じように

さらけ出そうとするんですが
さらけ出した瞬間に別物になってしまいます
太陽にさらされた吸血鬼といったところ
魂の中の言葉は空気にふれた言葉とは
似ても似つかぬもののようです

おぼえがありませんか
絶句したときの身の充実
できればのべつ絶句していたい
でなければ単に啞然としているだけでもいい
指にきれいな指環なんかはめて
我を忘れて

〈夜中に台所でぼくはきみに話しかけたかった〉
一九七二年五月某夜、なかば即興的に鉛筆書き、同六月二六日、パルコぱろうるにて音読。同八月、活字による記録及び大量頒布に同意。

ニューヨークの東二十八丁目十四番地で書いた詩

それからW・H・オーデンが

その大きな手で
アルミニウムの歯磨きコップに入った
熱いコーヒーを運んできたんだ

それからその前の晩の食卓では
誰かが箸の起源を問題にした
一九一〇年に突然発明されたのさなんて
冗談は言ったが誰も何も知らなかった

それから人気のない小さな映画館で
〈ブルーフィルムの歴史〉を観た
誰の家か白い壁に弱々しくつたがからまり
その下に無残な裂け目が口を開けていた

それからラジオではいつもどこかの局が
J・S・バッハの音楽を流していたな

僕のホテルの窓からは空はおろか
陽の光さえ見えなかったのさ

それから風邪をひいた田村夫人のために
僕等はプラスチックの箱に
刺身と御飯とお新香をいれて持って帰った
テレビではまだマリリン・モンローが生きていて

それからもちろん旅行者小切手に
くり返し自分の名前を記して
人間は今あるがままで
救われるんだろうか

もし救われないのなら
今夜死ぬ人をどうすればいいんだい
もし救われるのなら

未来は何のためにあるんだろう
救うのが自分の魂だけならば
どんなに楽だろうね
他人の魂が否応なしに侵入してくるので
僕には自分の魂がよく見えないな

それからまた夜があけて
僕は東京からの電話で起されたんだ
僕はお早うと言い
娘と息子はおやすみなさいと言ったのさ

シェークスピアのあとに

乳くり合いと殺し合いの地球の舞台が

なまあたたかい息のにおう寝室に始まって
小暗い廊下を過ぎがたぴしする階段を下り
そこからぬかるみへそして冬枯れの野へ
または灰色の海辺へとひろがってゆき
その上にいつに変らぬ青空を戴いているのは
この半球も他の半球も変りないが
愛を語ろうにも王を語ろうにも
ぼくらの国に韻文が失われて既に久しいのは
いったいいかなる妖精のいたずらなんだろう
ぼくが今夜ひとりでガスレンジにのせるのは
ただのカンづめのキャンベルスープで
そこにはイモリの眼玉も入ってなければ
竜の鱗も赤子の指も入ってはいないから
どんな未来の幻も見えはしないのさ
四十年前に帝王切開でこの世に生れたぼくだが
王を殺した王を殺して王となる力はない

まして「何やらわめき立ててはいるものの
何の意味もありはしない」なんていう行に
意味論的分析を加える勇気などあるもんか
ああシェークスピアさん　あなたのあとで
いったいどうやって最初の一行を書き始めればいいんだい
道化師になるのは王になるよりもっと覚束ない
思いつく限りの悪口を並べたてても
喩(たとえ)を入力できるコンピュータはありはしなくて
午前七時四十分に郊外の駅へ歩いてゆく勤め人のように
一二一二ときりのない二進法で
月賦で買った美術全集の中のスフィンクスに答えるのが
この世紀の流行の詩法なのかもしれないな
人間はたしかに月へ行ったけれども
形を変える月の不実に変りはないんだ
世界はいまだにあなたの見た通りのもので
スープをすする口が呪いを吐き散らし

言葉にするのも憚られるところに接吻し
やがては吸う息も吐く息もなくなって
土の下で白樺の根を育てることになるのは
うそつきも正直者も無口もおしゃべりも同じだ
夜に向ってきしる硝子窓を開くと
隣の柿の木の枝にただ一つ柿が残っていて
その昔ながらの俳句の主題も今夜のぼくには
成熟とそれを食いつくす種子としか見えないのさ

注
13行「マクベス」第四幕第一場
16行「マクベス」第五幕第八場
18行「マクベス」第五幕第五場
31行「ロミオとジュリエット」第二幕第二場
36行「ハムレット」第五幕第一場
41行「リア王」第五幕第二場

『誰もしらない』より　——一九七六年　国土社

夏は歌え

作曲／宅孝二

夏は太鼓　雷のおしりをたたけ
夏は踊り　夕立の足ははだしだ
夏は砂漠　かげろうは真昼のおばけ

夏は笑う　満腹の入道雲だ
夏は怒る（いか）　太陽の眼をいからせて
夏は叫ぶ　稲妻の歯をむきだして

夏は真白（ましろ）　乙女らは妖精のよう
夏は黄色　ひまわりの汗の色だよ
夏は青い　大空のはてない深さ

夏は泳げ　海をけり風を追いこし
夏は走れ　背も腕も大地の色だ
夏は歌え　生きているよろこびの歌

誰もしらない

作曲／中田喜直

お星さまひとつ　プッチンともいで
こんがりやいて　いそいでたべて
おなかこわした　オコソトノ　ホ
誰もしらない　ここだけのはなし

とうちゃんのぼうし　空飛ぶ円盤
みかづきめがけ　空へなげたら
かえってこない　エケセテネ　へ

誰もしらない　ここだけのはなし

としよりのみみず　やつでの下で
すうじのおどり　そっとしゅくだい
おしえてくれた　ウクスツヌ　フ
誰もしらない　ここだけのはなし

でたらめのことば　ひとりごといって
うしろをみたら　ひとくい土人
わらって立ってた　イキシチニ　ヒ
誰もしらない　ここだけのはなし

作曲／中田喜直

ぼうし

おおきすぎるぼうし　おとうさんのぼうし

かぶったら　よるがきた
まっくらくらのよるがきた

ちいさすぎるぼうし　あかちゃんのぼうし
かぶったら　わらわれた
けろけろかえるにわらわれた

ちょうどいいぼうし　だれかさんのぼうし
かぶったら　にあわない
ちっともはっともにあわない

かぶらないったらかぶらない
ぼうしなんてだいきらい
とんでゆけったらとんでゆけ
かぜにふかれて
ころころくるくるくものうえまでとんでゆけ

青空のすみっこ

作曲／寺島尚彦

青空のすみっこで
ひとひらの雲が湧いた
とどきそうで　とどかない
青空のすみっこに
ひとひらの雲が消えた

青空のすみっこを
一羽の小鳥が飛んだ
つかめそうで　つかめない
青空のすみっこに
一羽の小鳥が消えた

『由利の歌』より

――一九七七年　すばる書房

生きるうた

1

原っぱに
私はたったひとり立っています
気づかずに
私はひとを裏切りました

2

原っぱに
私はひとり立っています

おなかをこわしたのです
二日間なにも食べず
三日目の朝
牛乳をコップに半分飲みました

あんまりおいしかったので
あんまりおいしかったので——
私は泣いてしまいました

3

友だちが夢の話をするんです
目を輝かせて
聞いている私は退屈なんです
そう言ったらびっくりして
黙りこんでしまいました

私も私の夢の話をすればよかった
たとえうそでも

4

五年前に買った靴を
今日捨てました
そうしたら
もうはけないのに
まだはけるような気がしてきて
お気にいりの新しい靴が
なんだか憎らしくなってしまいました

5

海を見ています
海を見ていると

海を見ている自分が不思議です
あなただれ?ってききたくなって
それから何故か
恐竜の顔を思い出します
こわいくせになつかしい顔を

由利の歌

五月

風が矢車(やぐるま)の響きを撒いている
空はいろんな色の魚たちで一杯
明るい土手に座って二人は
空に流れる河を見ている

かすかなほゝえみが

由利の顔を仮面に似せる
そのほゝえみの意味を
由利自身も知らない

次郎の口にした重い言葉が
謎となり測鉛（そくえん）となり
二人の間に沈んでゆく時

愛……その行方を知らず
二人は初心（うぶ）な悲劇役者のように
舞台の上で立往生している

十二月

贈るあてもなく
そのさびしさから
逃れるすべも知らず

小石でも拾うようにふと
彼女の買うカフスボタン
それは小さなヨットの形をして
幸せだった夏の日々を
ひいらぎの刺(とげ)でくるんで
彼女に返す
憶えていなければならない！
あのめまいあのさまよい
あの渇きあの沈黙あの闇を
あの名づけられぬ大きな感動を
そして——
未来を

固い乳房強い腰やさしい腹
苦しみを受けとめる心臓と静脈
女である未来を

気違い女の唄

——越路吹雪さんのために

II ピアノ

そうっと鳴ってピアノ
やさしく鳴ってピアノ
ピアノ　ピアノ　ピアニシモ
私の思い出こわさないで

そうっと鳴ってピアノ
やさしく鳴ってピアノ
ピアノ　ピアノ　ピアニシモ
私の恋人私を捨てた

もう鳴らないでピアノ
もう鳴らないでピアノ

ピアノ　ピアノ　ピアニシモ
私の心がみつからない
私の心がみつからない

『タラマイカ偽書残闕』

――一九七八年　書肆山田

タラマイカ偽書残闕（ぎしょざんけつ）

『〈〝これから私の語る言葉が、正確にどこから来たものか私は知らない〟と、その老船員は言った。〝もう半世紀も昔のことになるが、たまたま乗り合わせたナポリからボンベイに向うおんぼろ貨物船の、予備のティーポットを包んだ故紙（こし）に、これらの言葉はスウェーデン語で記されていた。北部ギジン、タラマイカ族より採集という、短い註がつけられていただけで、何の説明もなかったその叙事詩とも箴言（しんげん）ともつかぬものを、私がいつの間にかそらで覚えてしまったのは、久しぶりに出会った母国語がなつかしかったからだろう。航海が終ってボンベイに着いた時には、その数枚の紙片を私は紛失してしまっていたが、私の記憶に刻みこまれた言葉だけは、五十年後の今日も、こうして生きていて、私はそれをまるで私自身の発した言葉であるかのように親しみ深く感じる〟そうして老船員は、以下に記すさして長くはない一連の言葉を、しわがれた声で呟くように誦したのだった〉というような意味の前書きを付した、タラマイカなる少数民族の創世記とも言うべき口承文学の断片を初めて目にしたのは、私が亡父の残した夥しい古手紙を裏庭で火中に投じていた時のことである。その黄ばんだ古封筒は、宛名も差出人の名もなかったことで、かえって私の注意をひいたらしい。ノートからひきちぎったとおぼしい数枚の紙に、几帳面な書体で書かれたその記録を私は好奇心に駆られ、またもしかするとこれは貴重な学術資料として、いつかはいい値段で売れることもあるかもしれぬという欲得ずくから、長い間保存していたが、本日ここに」とそこのところで、その後書きのようなものは中断していたのさ』と、彼は言った。『じゃあ本文は?』と、私が訊ねると彼は『部分と思われるものが残っていて、それを僕は自己流に並べかえ、英語に翻訳してみた』と答えた。以下に記すのは、タラマイカ族の用いていた言語から、スウェーデン語に訳され、そこからウルドゥ語に重訳されたと称するものの英訳を、彼がいささか誇張された抑揚と身ぶりで暗誦したものをもとに、私がつたない日本訳を試みたものであるから、タラマイカ語(?)の原テキストからは、おそらく相当にへだたったものであろうし、彼が語ったこの一連の元は韻文とおぼしい言い伝えが今日まで伝えられたいきさつすら、私には多分に信憑性のうすいものと思われてならないのである。北部ギジンという地名も、タラマイカ族という民族も、私の調べた限りでは存在の痕跡がない。彼の言うところを信ずれば、タラマイカ語による原テキスト（但、口承による）から、スウェーデン語の第二のテキストがつくられ、さらにウルドゥ語の第三テキスト、英語の第四テキスト、そしてこの日本語による第五テキストにつづくのであるが、筆記や口承による伝達の間に、さらに他の言語が介在していないという保証はないばかりか、これがスウェーデン語、もしくはウルドゥ語、ないしは英語による完全な創作である可能性も等しく存在している。私が彼と呼ぶその男は、ふとしたきっかけで知りあった米国籍の男で、何をしている人間なのか全く見当がつかない。彼の言によれば、ウルドゥ語で記されたその巻紙状の断片を、米国西海岸の或る中都市の工事現場で拾ったということだ。新しい都市計画に従って取り壊し中の図書館の現場の、ブルドーザーのキャタピラの下にあったと彼は称しているが、その現物はと問うと、ヒッチハイク中に他の荷物と共に盗まれたと言うばかりで要領を得ない。だがいずれにせよ、これらの言葉は、その発生の時も所も人もつまびらかにせぬまま、とにかく人間の魂から発したものであることに違いはない。学界からの万一の誤解を未然に避けるべく、ひとまず偽書としたが、それがこれらの言葉を否定するものではないのは、言うまでもなかろう。

I（そことここ）

わたしの[1]
眼が
遠くへ
行った。

わたしの
口は
ここに
開く。

わたしの
耳が
遠くへ
行った。

わたしの
口は
ここで
語る。
わたしの
鼻が
遠くへ
行った。
わたしの
口は
ここに
黙す。

わたしの心はゆきつもどりつ
わたしの心はゆきつもどりつ。

II（さかいめ）

おお
おお
太陽の太陽よりも
まぶしい
光。

そのとき
どこにも
眼はなかったのを
わたしはいなかったのを
わたしは
見る。

おお
おお
雷の雷よりも
とどろく
音。

そのとき
どこにも
耳はなかったのを
わたしはいなかったのを
わたしは
聞く。

おお
おお

硫黄の硫黄よりも
するどい
匂い。

そのとき
どこにも
鼻はなかったのを
わたしはいなかったのを
わたしは
嗅ぐ。

おお
おお
おのずから
おのずから
アギラハナミジャクラムンジ[3]は

なった。

だれの
意志でもなく。

上をあおいでも
上は
ない。

下をのぞいても
下は
ない。

けれど
そこに。

III（めざめるための穴が通じる）

光の
刃が
切りつけた。
眼は切り傷。

音の
錐が
もみこまれた。
耳は突き傷。

匂いの
焼串が
つらぬいた。

鼻は瘢痕。[4]

心を
めざめさせるのは
痛み。

そうして
口は
内側から
ひびわれた
ざくろ。

Ⅳ（叫びは音をたてることとは違う）

雨は
叫ばない

雨は
音をたてるだけ
石の上に。

ハピトゥム　テム　チャ。

虫は
叫ばない
虫は
肢をこするだけ
草の中で。

ミリル　ギジジ　クキュ　チ。

岩は
叫ばない

岩は
きしむだけ
岩の重みに。

オオマ　ノオオヤ　コオオオザガ。

木は
叫ばない
木は
さやぐだけ
風に。

ササザ　ザザジ　フィフィルゥ。

叫ぶのは
巣をつくるもの

卵を抱くもの
子に乳をあたえるもの。

うねり鯨[5]は叫ぶ
水晶竜は叫ぶ
びっくり鹿は叫ぶ
雪鳩は叫ぶ
きのこ鼠は叫ぶ
さかさ猿は叫ぶ
とんがり人[6]は叫ぶ
くぼみ人も叫ぶ。

V（名）

記憶せよ
初めての名を
もたらしたものの名を。

その名は
キウンジ。[7]

形なく
それはひそむ
太陽に
果実に
貝に
小石に
あなたの頭に似て
丸く
終っているものの
中に。

問うことをやめよ

キウンジに
キウンジの名を
もたらしたものは何かと。

キウンジを
名づけたものもまた
キウンジの名で
呼ばれる。

キウンジの
外へ
歩み出た者[8]は
指を
羊歯(しだ)と呼び
煙を
とかげと呼び

鷹の羽根を
リプサ[9]と呼び
水の中に
火を見るだろう。

（いないのにいる）彼[10]は
その流し目で
もどかしさの中心を垣間見る
そのすり足で
なだめることのできぬ円を描く
その裸のこぶしで
まやかしの我が身をさいなむ。

Ⅵ（手の指がかぞえるもの）[11]
1がわかれて2になる
2がわかれて3になる

3がわかれて4になる
4がわかれて5になる
そのわけは中指にきけ。

5があつまって4になる
4があつまって3になる
3があつまって2になる
2があつまって1になる
そのわけはこぶしにきけ。

雨　泉　露　池
あらゆるところで水はつながる
ゆえに水は1とかぞえよ。

魚は魚を産み
魚は魚の形を変えない

ゆえに魚は1とかぞえよ。

忘れるな
在る数は1のみ
2より多い数はすべて
幻。

Ⅷ（おおいなる暗い姿の出現）[12]

ぐるぐるまわる　まわるる　まわわるる
渦巻きの芯には
何もない
ただ力だけ。

ぐるぐるまわる　まわるる　まわわるる
臍から
撚（よ）り出される

黒い糸。
ぐるぐるまわる　まわるる　まわわるる
口から
捩（ねじ）り出される
黒い息。

ぐるぐるまわる　まわるる　まわわるる
体が溶ける
草が溶ける
体と草がまざりあう。

ぐるぐるまわる　まわるる　まわわるる
穴があく
穴になる
穴のむこうのそれ。

Ⅷ（悼歌）

アーハ
菜っ葉と石刀[13]
アーハ
じゅず玉
アーハ
やつ[14]は出てった
やつの残したものを
とれ。

つめたくなるぞ
かたくなるぞ
眼玉に
赤い毛が生える[15]
乳首に

緑の毛が生える
やつはもう
答えない
いまこそ舌で
やつを刺せ。

ふくれてくるぞ
くさくなるぞ
歯は
小石にもどる
髪は
糸虫にもどる
やつはもう
打ち返さない
いまこそ枝で
やつを打て。

アーハ
弓とひも
アーハ
カリンギ[16]
やつは出てった
やつの残したものを
とれ。

IX（去り得ぬ者の歌声）

わたしは来た
木の中に
木を夢見る者として
　石を打て
　石で打て
わたしはわたしの誕生を

さかのぼる。

わたしは来た
人の中に
人を夢見る者として
　骨をこすれ
　骨でこすれ
わたしはわたしの死を
追いこすだろう。

わたしは来た
このいれもの[17]の中に
このいれものを夢見る者として
　口を吹け[18]
　口で吹け
わたしはわたしの歌を

つたえる。

すでに在るものは
無い
未だ無いものは
在る。

X（男と女についてのことわざ）[19]

蛇の梁（はり）を
くぐり
百足（むかで）の柱を
まわり
蛭（ひる）の天井の
もと
蛆（うじ）の床を
ふむ

どんなに美しい女も
一匹の
蜘蛛をもつ。

茨の手を
にぎり
茸の耳に
ささやき
蔦の足を
からめ
苔の口を
すう
どんなに賢い男も
腐った
根をもつ。

XI（何もないところから湧く知恵）

友だちに
呼ばれたのでもないのに
木々の間でふりむく時
あなたは
見る
もてあそばれもせず
あなたが
そこにいるのを。

あなたは
草の上にはらばいになって
羊歯の葉先に触れ
言葉によらず
そのざらざらをむさぼってよい。

あなたは
水の中の石にすわり
魚たちとともに
言葉によらず
そのぬるぬるをむさぼってよい。

人と人との間では
すべてに形あれ
すべてにつぐないあれ
けれど
人と空の間にはただ[20]

1 わたし——この一人称は、単なる一個人としての〈わたし〉ではない。この語りもの=書きものに参加した複数の人間、即ちタラマイカ族のいわば語部(かたりべ)たち、スウェーデン語への採録翻訳者、仲介者としての老船員、ウルドゥ語による記録者、英訳者、そしてこの私自身等等の、集合的一人称と考えてよいだろう。これはホモジニアスな〈われわれ〉とも異る、微妙な暈(かさ)を伴った〈わたし〉の重層体[2]である。なお、〈原わたし〉とも呼ぶべきタラマイカ族の発話者は、ここでいわば恍惚状態の意識化を行っている。その意識化もまた恍惚状態で起ったのかどうか、それを決定する資料はないが、語り手の自己確認からこの伝承が始まるのは興味深い。

2 〈わたし〉の重層体 ——「〈わたし〉の重層体」という観念を英訳者に説明したところ、彼はそのような観念は虚妄だと言った。言語そのものが本来、一個の〈わたし〉を正確に規定できぬ以上、あらゆる言語は人格的なものから、無人格的なものへの通路に過ぎぬが、同時に言語なるものは完全に無人格的なものの実現を阻むはたらきをもつ、というのが彼の意見の要旨である。

3 アギラハナミジャクラムンジ ——英訳者による註。このタラマイカ語は他の如何なる言語にも翻訳不能であるが故に、その発音のままに表記されつづけてきたのだろう。前後の文脈から、この語は〈命名し得ず、対象化できぬ一なる全体〉の意であると推測できる。

4 鼻は瘢痕――タラマイカ語では、眼、耳、鼻を表す語はみな〈傷跡〉、の含意を有しているという。その含意を伝えるべく〈鼻は瘢痕〉と訳したが、タラマイカ語では、この行はほとんど同義反復に近い。眼、耳についてもおなじ。

5 うねり鯨――ウルドゥ語による註。以下の生物の名が、現在我々に知られているもののどれと合致するかは不明。

6 とんがり人――〈とんがり人〉が男を指し、〈くぼみ人〉が女を指すことはほぼ確実と思われるので、以後便宜的に、男、女と訳す。

7 キウンジ――ウルドゥ語版の註に、〈或るものを他のものと区別する力〉を意味するとあったと英訳者は言うが、その根拠はあきらかでない。とりあえず彼の発音にもっとも近い音をあてて表記したが、キュンゼ(アクセントは最後尾)とも聞きとれた。

8　キウンジの外へ歩み出た者——今日我々の言う精神病者を指すものと思われる。

9　リプサ——不明。

10　彼——〈キウンジの外へ歩み出た者〉を指す。タラマイカ語では性別のない特殊な三人称で、そこには病者と聖者のふたつの観念が含まれていると、スウェーデン人の老船員は説明したと伝えられる。

11　I——以下の数詞が現在我々の用いる数詞とは微妙にその内容を異にするものであることは、文脈からもあきらかだろう。

12　おおいなる暗い姿の出現——なんらかの幻覚剤の摂取とともに、所作を伴って唱せられたものだろう。音韻的にも他の断片とは異った工夫があるようだ。〈おおいなる暗い姿〉とは何か。図像的なものであったとは思われない。私はたとえば〈エクトプラスム〉の如きものを想像する。

13　菜っ葉と石刀——死者の遺した品物を即興的に詠みこんだと推定される。

14　やつ——性別を含まず、やや軽蔑的な三人称であるとの英訳者の口頭による説明があったので、この語をあてた。

15　赤い毛が生える——次の二行とともに、屍体に発生する黴(かび)を指すものか、それとも死者に対する儀礼的装飾を指すものか不明。

16　カリンギ——不明。死者の配偶者の身体の一部を指す言葉ではないかとも思われるが、これは直観による推定に過ぎない。

17　このいれもの——タラマイカ語では、自身の肉体、女の子宮、宇宙は、おなじひとつの語によって示されるという。

18　口を吹け——第一節の〈石〉、第二節の〈骨〉は楽器として用いられたものと思われる。この〈口〉も、向い合ったふたりの人間が互いの口腔に息を吹きこんで響かせる行為と推定できるが、同時にそれは歌の口移しの伝承をも意味しているかもしれない。

19　男と女についてのことわざ——スウェーデン船員の説によれば、この部分のみは後補である可能性が強いということだが、成立年代を推測する根拠は薄い。

20　人と空の間にはただ——この突然の中断は、言うまでもなく故意になされたものではない。

『質問集』　——一九七八年　書肆山田

質問集

目がさめていて、何も考えずにいることができますか、何も考えていないということも考えずに？

長い塀にそってあなたは走っている。塀の中では多分拷問が行われていて、前庭には朴（ほお）の花が咲いている。あなたは一文無しだ、あなたには帰る家がない。そんな夢を見ずにすますには、どんな現実が必要なのでしょうか？

いま立っているその場所から正面へ三歩歩き、右へ直角に曲って二歩歩く、そしてもう一度右へ六歩、そこで目を軽くつむる。さあ、どんな匂いがしますか？

目の前に一匹の犬がいます、心の中であなたは二匹目の犬を想像します、そしてさらに三匹目を……いったい何匹目からあなたの想像力は頽廃しはじめるでしょう？

おそらく宇宙計画のために発明された物質でしょう、極度に硬質の表面をもっているのです、その物質に触れているとき、詩は何処（どこ）にありますか？

いつの間にかどこかへなくなってしまった小さな物、それをなくしたのは誰ですか？　そしてその行方はどこですか？　たとえその物の細部はありありとあなたの記憶にとどめられているとしても。

〈おはよう〉と誰にも言うことができずに朝がきた、その朝は〈おはよう〉と言うことのできた朝と、どんなふうに異っているのでしょうか？　たとえば湯気の立つ一杯の味噌汁においてすら。

野に咲いている名も知らぬ一茎（ひとくき）の小さな花、それが問いであると同時に答であるとき、あなたはいったい何ですか？　というような質問に私は答えなければならないのでしょうか？

誰にも嘘はつきたくないと或る午後思ったとしたら、どうしても嘘をつかねばならぬ状況を即座にいくつ空想できますか？　もちろんどんな感傷もぬきで。

あなたの発することのできるもっとも大きな声、その声をあなたは何に用いるのでしょう、怒りの表現、喜びの表現、苦痛、それとも他人への強制、あるいはまた、単なるおあそび？

ろうそくの光の下に一冊の辞書が開かれています、あなたはどうやってその辞書から逃れるのでしょう、さらに深く言葉の意味にとらわれることによって、そう答えてほんとうにいいのですか？

思いがけぬ恵みのように雪の降り積もったその朝、質問というもののあの尻上りの抑揚が耐え難いと、あなたは言ったのでしたね。しかし答なるもののあのしたり顔の平板な旋律もまたあなたを焦(い)ら立たせるのだとしたら……だが、問いでも答でもないものが、いったいこの世にあるのでしょうか？

一脚の椅子があって、あなたはそれに腰をおろしている。椅子を作った人間はどこへ行ってしまったのですか？　そしてあなたは、どこにいるのですか？

もう忘

れた、とあなたは言うのですか、でも忘れたことは覚えているのですね、
それでほんとうに忘れたことになるのですか？

『そのほかに』より

便り

おたまじゃくしに
足も生えそろいましたにつき
常のごぶさたお詫びもうします

この春当地にては
葬式ふたっつ結婚式みっつ
とどこおりなく相すませ

からたちの花もほころび
かげ口などいつに変らず
忙しく暮らしおり候です

——一九七九年　集英社

先生にはかつら御新調のよし
おめもじ待ち遠しいことなり
頓首

地下鉄南阿佐ヶ谷附近一九七四秋

ボウリング場は店じまいしたが
その下の本屋には書物があふれている
区役所のすじむかい郵便局のならび
新築中の警察署は九階建の地下二階とか
この町に四十年あまり暮して
行きつけの店と言えば床屋くらいのものか
二百十日の度にあふれていたドブ川の岸が
コンクリートでかためられ細長い公園になり

それでも祭礼には老人たちが集って
社務所で茶碗酒を汲みかわしている
ゴムひもで釣ったざるの中の銅貨の代りに
ディジタル表示のレジスタが置かれた魚屋に
ビニール製の笹の葉が青く輝いていて
束の間と言っては短かすぎるし
永遠と言っては長すぎる一日の終り
星々のきざむたゆみない時にさからって
私たちは気ぜわしく明日を思いわずらう
街路樹のまわりを掘り返しているのは
伸びてゆく根を少しでも楽にするつもりか
地下鉄の入口に乗り捨てられた自転車は
カタコンベのミイラのようにひしめき
アメリカンと呼ばれる薄いコーヒーをすすって
若者たちの眼は漫画から漫画へと流れてゆく
この世の正確な韻律に近づけるのは

獄中に一生を過すことを強いられた男だけ
だってそうだろうそうではないか

東京抒情

杉並の袋小路で子供らがかくれんぼする
築地の格子戸の前で盛塩が溶けてゆく
東京は読み捨てられた漫画の一頁だ
亀戸(かめいど)の洋服屋の店先で蛍光灯がまたたく
多摩川の橋下でラジコンボートが沈没する

大久保の線路沿いに名も知れぬ野花が咲く
世田谷の生垣の間からバッハが聞える
青山のかまどの中でパンがふくらむ
東京はなまあたたかい大きな吐息だ

東雲(しののめ)の海のよどみに仔猫のむくろが浮く
国領のブルドーザーが石鏃(やじり)を砕く
本郷の手術室で瞳孔が開き始める
小金井の校庭の鉄棒が西陽に輝いている
等々力(とどろき)の建売で蛇口が洩れつづける
東京は隠すのが下手なポーカーフェースだ

美しいものはみな嘘に近づいてゆく
誰もふりむかぬものこそ動かしがたい
私たちの魂が生み出した今日のすべて
六本木の硝子の奥で古い人形が空をみつめる
新宿のタクシー運転手がまた舌打ちをする

そのほかに

ひざの上ですすりあげる私の幼い娘
――そのほかに何を私は待っているのか

遠くでマドリガルが唱い出される
閉じたままの本
胡桃(くるみ)の木蔭

言葉では十分でない
言葉は呼びつづけ
決して満足しないから
沈黙では十分でない
沈黙はつづき

不死だから

そのほかに何を待っているのか
ひざの上で
少しずつ泣きやんでくる幼い娘と――

名

あれとかあそことか呼ぶのは
べつに婉曲語法という訳ではなくて
本当に名前がないからなのだ
古事記みたいな擬古調は物欲しげで
ほとほといやになってしまったし
数十はあるという北米の俗語のたぐいも
この国じゃカントの哲学以上に抽象的だ

方言辞典でひびきのいい言葉を探すのも
都会者にとってはそそっかしい話だろう
解剖学の術語に至っては一片の生気すらない
いつの間にか男は愛する女のからだに
うす暗い井戸を掘ってしまった
茹で卵だのコーラの壜だのを投げこんで
それじゃまるではきだめじゃないか
かつてあれには名前があった
かけがえのない名前がたしかにあった
ただひとつだけのその名を呼ぶのが
男たちよそんなにこわかったのか
ただひとつだけのその名を忘れて
男たちよいったい何をいつわったのか
千個の名で呼ばれ万個の名で呼ばれ
いまやあれはただひとつの名をみずから拒む
ついにまことの無名の淵に沈もうとする

読唇術

きみのくちびるの間にぼくのおごりの
（とてもレアな）ステーキのひときれが
消えてゆくのを見守った時には
きみの食べものになってぼくも
きみの口の中に入ってゆきたいと思ったな
しかしそこから心へと通ずる道を探っても
生あたたかいきみの唾液にまみれて
ぼくは迷子になってしまうのがおちだろう
その晩ずっとおそくなってから敷布の上で
その同じくちびるをなかば開いて
きみはちいさな叫び声をあげた
その時もぼくが待ち望んでいたのは
もしかすると吐息でもあえぎでもなく

何かは分らないけれどぼくをおびやかす
ひとつの言葉だったのかもしれない
透きとおった硝子のへりにくちびるが触れ
ひとしずくの水がおとがいへと伝わって
そこからきみの微笑がこぼれてきた朝
もういちど白く硬い歯のかこみを破って
ぼくはきみの無言の中心を味わおうとしたが
きみは巧みにぼくの腕を逃れて
窓をあけ林に向かって口笛を吹いた
そこから一匹の黒いむく犬がとび出してきて
ぼくらに向かって尾をふったんだ
生きもの同士の親しみをあらわに

寸描

ぼくらはもうみんな死んでしまって
うすい煙のたちこめている森の中だ
蜘蛛の巣にカトンボがひっかかってる
草の中に碍子(がいし)がひとつ落ちている

腐ってゆきながらぼくは思い出す
開きかけた女の唇とその奥のくらがりの
舌の動き

あれは何か言葉を言おうとしたのか
ぼくを愛撫しようとしたのか
一杯の水が欲しかったのか
それともそれらは結局同じことだったのか

あざむきようのない眼と耳と口と性器
それらによってぼくも書いた
意味ではなく味わいを

焼け焦げ水をかぶり
ほとんど形をとどめていない一塊の本が
腐葉土の上で薄陽を浴びてる
そこでなお時は刻む

刺すような酸っぱさとひろがる渋み
えぐいまでの甘さや目もくらむ苦味
うすれてゆく奇妙な果実の記憶

明日

少女の杏の口はあらゆる形の雲をむさぼり
少年の琥珀の眼は太古の地層から切出された
どんなに目をみはっても未来は見えないのに
子どもらの体の中に明日は用意されている

希望を語る言葉はいつわりの根を夢にひろげ
絶望を歌う言葉はあてどない梢を風にまかす
だが遊ぶ子どもらのきれぎれなかけごえは
たそがれと暁をひとつに荒野へと谺（こだま）する

少年と少女の下腹にある伸縮するいれものは
星の糸で織られ陽の赤と空の青で染められる
絶え間ないせせらぎの他にそこを充たすのは

鋭い喜びをともなった深い痛みのみだろう

すべての言葉がぶざまに滅び去ったのちに
岩はふたたび岩のあたたかい無言をとり戻し
かすかな苦味のある胚のつややかな白から
死によってもたらされるのは誰の似姿？

『コカコーラ・レッスン』より　――一九八〇年　思潮社

(何処(いずこ))

1　空

目が覚めると全天が柘榴(ざくろ)の実でおおわれていた。薄紫の果粒を透(すか)して光が地上に降り注ぐさまは何とも言われない。無数の柘榴のひとつひとつが、おそらくその背後にそれぞれ鉱物質の円光を負っているにちがいない。その円光の存在する由縁を解明することは可能だろうか、ふとそんな疑問が胸をかすめた。それをするためには先ず、我々の視覚の秘密を探らねばならないだろう。たとえその機構に十分な説明が加えられたとしても、如何にという問いの背後には、例外なく何故という子供っぽい問いが控えている。何故という問いを、殆んど惰性的に発する我々の心というものが、最終的にはあの円光に関っている。我々に視覚器官が発生した時、世界は既にそこに在った。これは実に焦(い)ら立たしいことであるが、もし万一その時、そこに世界が未だなかったとしたら、ことは焦ら立ちどころではすまなくなる。

近くの繁みから一羽の猿鳥(さるどり)が白褐色の長い尾を螺旋状にくねらせながら飛び立った。その表情には我々の表情に似た愚鈍が感じられた。彼は未だどんな問いも意識はしていないだろうが、その独特な旋律を伴った鳴声には、我々の胸に触れてくるものがある。猿鳥は柘榴の果粒を啄む(ついば)ことができると思ったらしい。隣の樹木にでも飛び移るような気軽さで飛び立ったが、いくら上昇してもすぐそこにあるように見える柘榴に到達しない。実は私も猿鳥が一個の礫(つぶて)くらいの大きさに見えるまで上昇してから初めて気づいたのだが、我々と柘榴との間には計測し難い、威厳に満ちた距離が介在しているらしく、とうとうしまいには、猿鳥は余りに高く上昇して、私の視力では捉えられなくなってしまった。それでも私はしばらくの間、見えない猿鳥を追っていた。そんな風にして自分の視覚の限界に気づくことは、いつも私に自分の感官の延長としての想像力の世界への不信をかき立てずにおかない。私の視界を去ったのちの猿鳥について思いめぐらすことは、何かしら淫らで曖昧な感じがする。いかに想像をたくましうしたところで、いずれは言語の壁に阻まれるだけのことではないのか。

午後になって、柘榴の果粒が驟雨となって降って来た。屋根が鳴る。またもや訳の分らない好奇心に身をまかせ、屋外に出て果粒を手で受けようとしたが、それらは私の頭上のあたりですべて消失し、あとには硼砂のようなにおいが漂っているだけだった。何ものかを捉えようとする試みは、常に我々の筋肉を緊張に導くものだが、その緊張によって生じる空間の歪曲がおそらく消失の原因だろう。仮にそう考えて納得がいったような気分になった。雨のあと見上げると、果粒を失った柘榴の果皮が急速に石化し収縮してゆくのが認められた。もう朝のあの胸の躍るような心持は全く感じられない。自分の心持に注文をつけるわけにもいかないから、これは受け入れる以外ないだろう。柘榴と共に一日が明けて、そうして暮れていったと、そう心の中で呟いてみたら、思いがけず感謝の念に似た思いが湧き上った。

2　交合

針葉樹との交合は何度か経験したが、羊歯類との交合は初めてだった。名は何と言うのか知らない。知りたいとも思わない。それが湿った地面の上で、僅かな風に首を振っているのを見た時、私は言語を持たぬ生物にも或る種の自己表現とも言うべきもののあるのに気づいた。我々と違ってその羊歯には心はなかったにちがいないが、それがそんなにも明らかな姿でそこに生えているということが、すなわち羊歯にとって自己そのものなのではなかろうか。他のどんな植物とも動物とも異った形をしていることで羊歯はたとえようもなく孤独に見えた。私はその葉に手を触れずにはいられなかった。

その手ざわりは私に何の連想も抱かせなかった。私はまさにその羊歯の葉に触れていて、そのことが私に形容を許さない。その時私はそのこと以外のことは何もしていなかったし、自分の器官が、自分とはちがうひとつの個体の器官と触れあっているという意識の他に、何の考えも浮ばなかった。指先から安らぎというしかない平明な感覚が伝わってきた。その感覚を失いたくないと思った。私は羊歯の葉に指先を触れたまま、あおむけに地面に横たわった。そのあたりに分厚く散り敷いている落葉と、それに接している私の衣服を通して、土壌のぬくみとしめりけが私の尻の皮膚に伝わってきた。指先からの感覚がその時、指先にとどまらずに、私の身体の奥深くへと流れ始めた。その流れは指先から肩を経て、咽喉へ至り、そこから脊髄に沿って下腹部へ達し、そこで渦巻くように淀んだのち、尻の皮膚を通って地面へと流れこんだ。

そうしてその流れを羊歯は自らの根で吸い上げ、それを葉先から私の指へと帰してきた。そのようにして、羊歯と私との間に、ひとつの回路がかたちづくられたのだ。感覚の流れは環になって停止しているかのようでいて、実は徐々に加速されていた。その加速をうながすものが、私と、そして羊歯の欲望としか呼びようのないものであることを私は疑わなかった。私の身体の中の私でない生きものが、もっと、もっとと声にならぬ叫びをあげた。私は羊歯の葉に指先を触れたまま、ぎごちなくあせって下半身の衣服を脱いだ。裸の尻が落葉に接するや否や、羊歯と私を結ぶ感覚の流れは、めまいを感じさせるような速さにたかまった。もはや指先を触れているだけでは我慢できなかった。私は上半身の衣服をめくり上げ、身体を半回転させて、裸の胸で羊歯の上へおおいかぶさった。

どのくらいの時間がたったのか分らない。めくるめくような感覚の流れはやんでいた。身を起すと下腹にべったりと落葉がはりついて来た。私の羊歯は、私の身体の下敷になって押しつぶされ、その緑は以前よりずっと濃くそして濁っていた。葉先のこまかい線が鋭さを失い、内側へめくれ始めている。同じ生命でありながら私たちは異種なのだ。胸の皮膚に不快なかゆみがひろがった。

コカコーラ・レッスン

その朝、少年は言葉を知った。もちろん生まれてからこのかた、彼は言葉を人なみに話してきたし、いくつかの文字を書くこともできた。その年ごろの少年としては、語彙はむしろ多いほうだったし、実際、彼はそれらをなかなか巧みに使っておどしたり、だましたり、あまえたり、ときには本当のことを言ったりもしていたのだが、それはそれだけのことだった。いまとなっては、ただ使うだけの言葉などというものは、とるに足らぬもののようにも思えるのである。

きっかけはごく些細なことだった。その朝彼は突堤の先端に腰かけて、誰もがやるように足をぷらんぷらんさせていたのである。そのとき、なまあたたかい波しぶきが、はだしの踝(くるぶし)にかかったのだ。周囲に語りかけるべき他人はいなかったし、それはべつに言葉にする必要など全くないささやかな出来事だったのだが、なんのはずみか彼はその瞬間、〈海〉という言葉と〈ぼく〉という言葉を、全く同時に頭の中に思い浮かべたのである。

それから先、彼には考えることも、言葉にすべきこともべつになかった。彼はだから、〈海〉・〈ぼく〉というふたつの言葉を、ぼんやりと頭の中でおはじきでもするみたいに、ぶつけ合わせていたのだが、そのうちに妙なことが起った。〈海〉という言葉が頭の中でどんどん大きくなってゆき、それが頭からあふれ出して、目の前の海と丁度ふたつの水滴が合体するような工合に、突然とけ合ってひとつになってしまったのである。

　それと同時に、〈ぼく〉という言葉のほうは、細い針の尖（さき）のように小さく小さくなっていったけれども、それは決して消滅はしなかった。むしろ小さくなればなるほど、それは頭の中から彼のからだの中心部へと下りてゆきながら輝きを増し、いまや海ととけ合った〈海〉の中で、一個のプランクトンのように浮遊しているのだった。

　これは少年にとって思いがけぬ経験だったが、彼は少くとも初めのうちはおどろきもしなかったし、不安も感じなかった。それどころか彼は口に出して、したり顔に「なるほどね」と言ったくらいだ。しかしもちろん、冷静だったというわけでもない。彼はからだの内部に、自分のものではない或る強い力の湧いてくるのを感じた。

　思わず立ち上りながら、彼は「そうか、海は海だってことか」と呟いた。そうしたら、急に笑い出したくなった。「そうさ、これは海なんだよ、海という名前のものじゃなくて海なんだ」もし友人がかたわらにいたら、こんな独白は一笑に付せられただろう。頭の隅でちらとそんなことを考えながら、彼はふたたび呟いた。「ぼくはぼくだ。ぼくはいるんだ、ここに」そうして今度は、泣き出したくなった。

　急に彼はおそろしくなった。頭の中をからっぽにしたかった。〈海〉も〈ぼく〉も消してしまいたくなった。言葉がひとつでも思い浮かぶと、頭が爆発するんじゃないかと思った。言葉という言葉が大きさも質感もよく分らないものになってきて、たったひとつでも言葉が頭を占領したら、それが世界中の他のありとあらゆる言葉にむすびつき、とどのつまりは自分が世界に呑みこまれて死んでしまうのではないかと感じたのだ。

　だが、その年ごろの少年の常として、彼は自分で自分を見失なうというようなことはなかった。自分でも気づかぬうちに彼は突堤へ来る途中で買って手にもっていたコカコーラのカンの栓をぬこうとした。けれどおどろいたことにそれができなかった。どうしてかと言うと、手にしたカンを一目見たとたん、彼の頭の中にまるでいなごの大群のような無数の言葉の群が襲いかかってきたからである。

　それはしかし必ずしも予期したようなおそろしい事態ではなかった。逃げちゃいけない、踏みとどまるんだ、年上のずっと背丈の大きい少年相手の喧嘩のときと同じように、彼は恐怖をのりこえるただひとつの道を択んだ。赤と白に塗り分けられた手の中のカンは、言葉を放射し、言葉を吸引し、生あるもののように息をしていた。苦しいのか嬉しいのかもよく分らぬまま、彼は言葉の群に立ち向かった。渦巻くまがまがしい霧のように思えたその大群も、ひとつまたひとつと分断してゆけば、見慣れた漫画のページの上にある単語と変らないものだった。

この一種の戦いは、実際には悪夢の中でのように一瞬の間に行われたのである。たとえば彼がカンのへりの上に、そこから始まる、あるいはそこで終る無限の宇宙を見たとしても、彼自身は全くそのことを意識しなかった。彼は自分のもつ語彙のすべてをあげて、自分を呑みこもうとする得体の知れぬものを、片端から命名していったのだと、そういうふうに言うことも可能だろうが、その中にはまだ彼の意識下に眠っている未来の語彙までもが含まれていたのだ。

一個の未知の宇宙生物にもたとえられる言葉の総体が、一冊の辞書の幻影にまで収斂したとき、彼の戦いは終っていた。海はふたたび海という名のものに戻っておだやかにうねり、少年は手の中のコカコーラのカンの栓をぬき、泡立つ暗色の液体を一息に飲み干して、咳きこんだ。

「コカコーラのカンさ」と彼は思った。一瞬前にはそれは、化物だったのだ。

彼はからっぽになったカンを、いつものように海へと投げるかわりに、踏み潰した。はだしの足は多少痛んだけれども、かまわずに何度も何度もぺちゃんこになるまで踏んだ。彼自身はその奇妙な経験をむしろ恥じていて、それを他人に伝えようなどとは考えもしなかったし、またそこから何かを学ぶということもなかった。その日から数十年をへて、年老いた彼が死の床に横たわっているとき、なんの脈絡もなくこの出来事を思い出すとしても、それは他のあらゆる思い出と同じく、すでにとらえることの難しい一陣の風のようなものに変質してしまっているだろうが、それ故にそれはまた、失われつつある五感とはまたべつの感覚を刺戟して、彼をおびやかすにちがいない。

その朝、少年は足元の踏み潰されたコカコーラのカンを見下(みおろ)して、ただ一言、「燃えないゴミ」と呟いたに過ぎなかったが。

質問集続

からだはどこかで言葉に触れている、でもいったいからだは言葉を求めているのでしょうか、それとも言葉から逃れようとしているのでしょうか？

あなたの耳は粒立つピアノの音をとらえている、そのときあなたのうちに湧く感情は、窓枠を這う一匹の蟻にとって、いかなる意味をもっていますか？

地平線に遮られて見えぬ都市に火の手が上った。風にのって聞こえてくる阿鼻叫喚、その中に一人の唖者のいることを、あなたは聞きわけられますか？

使いこんだねじ廻しの刃が欠けたその午後、それを捨ててあなたは工具店へ出かけた、真新しい工具の数々を見て、あなたははにかむことを思い出したのではありませんか？

人々が仮に微笑と呼ぶ表情があなたの顔に宿った、その表情の理由を誰かに説明してもらいたい、そう思った瞬間にもあなたはまだほほえんでいられますか？

ひとは一個の不可解な全体として立ち現れる、私とは何かと問う私はその一小部分に過ぎない、自らを養う他の臓器を意識し得ぬ限り、脳髄は幻想のうちにとどまる。のでしょうか？

どこでもいい、古ぼけた木製の階段の途中にあなたはいる、（おそらくスリッパをはいた）あなたの足裏は、そのあやふやな触感によってどこまで時代を遡ることができますか？

ゆるやかに旋回する酔いのうちにいると感ずるとき、その中心にあるものが虚無以外の何かだと、そうあなたは書くことができますか、たとえ愛する者に向けてすら？

黒い電話器に或る午後、右手を差し伸べ、そこでふとためらうとき、あなたの発したかった言葉はどこから来て、どこへ行くのでしょう？

腕にはめた金属製の時計を見て、あなたは正確な時刻を知る、で、その時刻はあなたの死を待っているのですか、それとも追っているのですか？

金管楽器群の和声に支えられた一本のフルートの旋律、その音はどこから来るのですか、笛の内部の空気から、奏者の肺と口腔から、すでに死んだ作曲者の魂から、それともそれらすべてを遠く距(へだた)ったどこかから？

口にしたら生きてゆけそうもない言葉と、口にしなかったら生きてゆけそうもない言葉、それらが同じひとつの言葉であるとき、何故あなたはそこに立っていられるのでしょう？

真実とはおそらく虚偽のかさぶたに被われたひとつの傷なのだ、かさぶたをはがせば血が流れる——この記述が真実であるために必要なものは、いったい何なのでしょう？

スパゲッティ・バジリコ、スパゲッティ・バジリコとあなたは呟やきつづけている、そのささやかな食物があなたの不安を癒すことがありうると信じますか？

『ことばあそびうた　また』より

――一九八一年　福音館書店

わたし

わたしはわたす
あなたをわたす
あなたへわたす
わたしもり

あなたはあなた
あだしのあたり
わたしはわたし
わたしもり

たね

ねたね
うたたね
ゆめみたね
ひだね
きえたね
しゃくのたね

またね
あしたね
つきよだね
なたね
まいたね
めがでたね

とりどり

おどりのなとり
とうどりみとり
としとりさとり
ひとりあやとり

でもどりめとり
ものとりふとり
あととりきどり
おっとりゆとり

かえる

かえるかえるは
みちまちがえる
むかえるかえるは
ひっくりかえる

きのぼりがえるは
きをとりかえる
とのさまがえるは
かえるもかえる

かあさんがえるは
こがえるかかえる
とうさんがえる

いつかえる

あま

すまのあま
あたまそのまま
いまはつま
かまでままたく
そまのつま

しまのあま
へまでわがまま
きままあま
ままよてまくら
はまはひま

いのち

いちのいのちはちりまする
にいのいのちはにげまする
さんのいのちはさんざんで
よんのいのちはよっぱらい
ごうのいのちはごうよくで
ろくのいのちはろくでなし
しちのいのちはしちにいれ
はちのいのちははったりさ
くうのいのちはくうのくう
とうのいのちはとうにしに
じゅういちいのちのいちがたつ

『わらべうた』より

わるくちうた

とうさんだなんて　いばるなよ
ふろにはいれば　はだかじゃないか
ちんちんぶらぶら　してるじゃないか
ひゃくねんたったら　なにしてる？

かあさんだなんて　いばるなよ
こわいゆめみて　ないたじゃないか
こっそりうらない　たのむじゃないか
ひゃくねんまえには　どこにいた？

――一九八一年　集英社

おならうた

いもくって　ぶ
くりくって　ぼ
すかして　へ
ごめんよ　ば

おふろで　ぽ
こっそり　す
あわてて　ぷ
ふたりで　ぴょ

あきかんうた

かんからかんの
すっからかん
こーらのあきかん　けっとばせ
おひさま　かんかん
とんちんかん

かんからかんの
すっからかん
かんかんならせ　どらむかん
じかん　くうかん
ちんぷんかん

わかんない

わかんなくても
みかんがあるさ
ひとつおたべよ
めがさめる

わかんなくても
やかんがあるさ
ばんちゃいっぱい
ひとやすみ

わかんなくても
じかんがあるさ
いそがばまわれ

またあした

かかし

いっぽんあし　かかし
おめかし　かなし
なけなし　かんざし
あまざらし

いっぽんあし　かかし
やどなし　ななし
ひぐらし　あてなし
たちばなし

みち

みちがいっぽん　くさのなか
たどればおしろの　したにでた
ひがないちにち　よたろうは
くさかり　いねかり　あかびかり

みちがにぃほん　むらはずれ
みぎへあるけば　かわがある
ひだりへいけば　やまがある
ひよどり　のんびり　いきどまり

みちがさんぼん　まちのなか
さんにんむすめが　いえでして
まいごになった　ひぐれどき

とっぷり　しょんぼり　くになまり

うそつき

うそつき　きつねつき
やねにのぼって　さかなつく
ついてもついても　つききれぬ
そらにさかなが　いるものか

うそつき　けらつつき
いけにはいって　てまりつく
ついてもついても　つききれぬ
どじょっこふなっこ　おおわらい

うそつき　うまれつき

つきのさばくで　かねをつく
ついてもついても　つききれぬ
だれもきかない　なんまいだ

『わらべうた　続』より

あした

あしたのしたは　どんなした
ああしたこうした　にまいじた
ゆめをみるまに　だまされる

あしたのあしは　どんなあし
ぬきあしさしあし　しのびあし
かおもみぬまに　にげられる

――一九八二年　集英社

いっしゅうかん

げつようび　げっきゅうおとし
かようび　かねかりて
すいようび　すりにすられて
もくようび　ものもらい
きんようび　きるものもなく
どようび　どかんにすんで
にちようび　にょうぼがにげた

いか

いかいかが
いかいらないか　かわないか

いかいかが
いかやかないか　くわないか
いかいいが
いかたかかないか　まけないか

だれもしらない

だれもしらない　おかのうえ
だれもしらない　いえがたってた
だれもしらない　いえのなか
だれもしらない　おとこがひとり
だれもしらない　そのおとこ

だれもしらない　ないふをにぎり
だれもしらない　ひるさがり
だれもしらない　じぶんをぐさり

だれもしらない　はかのなか
だれもしらない　おとこはねむる
だれもしらない　はながさき
だれもしらない　はなしはおわり

さよならうた

じゃあね　またね　はなめがね
やねのきつねは　ひるねかね
ぶつけていたい　むこうずね
じゃあね　あのね　まるきぶね

ゆっくりゆきちゃん

ゆっくりゆきちゃん　ゆっくりおきて
ゆっくりがおを　ゆっくりあらい
ゆっくりぱんを　ゆっくりたべて
ゆっくりぐつを　ゆっくりはいた

ゆっくりみちを　ゆっくりあるき
ゆっくりけしきを　ゆっくりながめ
ゆっくりがっこうの　もんまできたら
もうがっこうは　おわってた

ゆっくりゆうやけ　ゆっくりくれる
ゆっくりゆきちゃん　ゆっくりあわて

ゆっくりうちへ　かえってみたら
むすめがさんにん　うまれてた

おんな

あなあな　くぐれ
くぐれば　もりだ
もりもり　ぬけろ
ぬけたら　かわだ

かわかわ　わたれ
わたれば　みちだ
みちみち　あるけ
あるくと　むらだ

むらむら　まわれ
まわれば　うみだ
うみうみ　およげ
およぐと　しまだ

しまじま　あがれ
あがれば　やまだ
やまやま　のぼれ
のぼると　そらだ

そらそら　とべよ
とんだら　つきだ
つきつき　さわれ
さわれば　おんな

『みみをすます』より

あなた

あなたは
だれ?
わたしではない
あなた
あのひとでもない
あなた
もうひとりのひと
わたしとおなじような
みみをもち
わたしとはちがうおとを
きくひと

——一九八二年　福音館書店

わたしとそっくりの
じゅっぽんのゆびをもち
わたしにはつかめないものを
つかもうとするひと
あなた

あなたは
たっている
まなつのひをあびて
うみにむかって
わたしに
せをむけて
あなたはみつめる
とおい
すいへいせんを
あなたの

こころには
わたしのみたことのないまちの
わたしのあるいたことのない
こみちがつうじている
そのこみちに
いま
しずかにゆきがふりつもり
わたしのあったことのないひとが
こっちへはしってくる
そのひとが
あなたにむかって
なんとさけんだのか
わたしはけっして
けっしてしることはない

そのばん

あなたのめにうつったもの
だいどころの
かたすみの
あるみにうむの
なべの
ひかり
こたつのうえに
ひらかれている
うみのむこうからとどいた
いっつうの
てがみ
あなたがあいし
あなたをあいする
ひとのほおに
つたう
なみだ

それをわたしは
みなかった
だからわたしは
あなたではない
たとえいつか
あなたが
わたしの
いちばんのともだちに
なるとしても
たとえいつか
あなたがわたしに
おもいでのすべてを
かたるとしても

あなたはだれ?
もうひとりのひと

わたしとおなじ
くろいかみをして
わたしとよくにた
ふたつのひとみで
わたしにみえぬものを
みるひと

あなたは
わらってる
しろいはをきらめかせて
わたしが
くちをつぐむとき
わたしのてから
だいすきなぬいぐるみを
ひったくり
あなたのいきに

どろっぷのにおいがする
こんなちかくにいるのに
かぎりなく
あなたは
とおざかり
うちゅうじんのようなかおで
あなたは
わらっている
どうして
そんなにも
ちがうのか
あなたのはなは
わたしのはなではない
あなたのくちは
わたしのくちではない
あなたのこころは

わたしのこころではない
あなたをぶったとき
いたかったのは
わたしではない
あなたのはいてるくつは
いつどこでかったのか
ゆうべあなたのみたゆめは
どんなゆめだったのか
あなたは
だれ？

あなたのふむすなは
わたしのふむすなと
つながっている
あなたのうえにも
わたしのうえにも

おなじしろいくもがうかんでいる
あなたのみるうみも
わたしのみるうみも
はいいろにくれてゆく
それなのに
いま
このしゅんかんにも
あなたと
わたしは
べつべつのことをおもう
わたしは
あなたになれない
そのことの
かなしみのあまり
わたしがあなたを
だきしめるとしても

わたしとあなたが
いつか
おなじひとつのりゆうで
なみだをながすとしても
あなたのゆびの
しもんと
わたしのゆびのしもんが
ちがうように
あなたは
わたしとはちがう
もうひとりのひと
あなたは
だれ？

あなたのいってしまったあと
あなたのすてていった

ぬいぐるみが
すなのうえに
ころがっている
そして
わたしはきづく
わたしがもう
そのぬいぐるみを
すきでなくなっていることに

あなたはだれ?
わたしに
うそをつくひと
わたしを
あざわらうひと
わたしを
くるしめるひと

わたしもきっとあなたに
うそをつき
わたしもきっとあなたを
あざわらい
くるしめている
わたしはだれ？
あなたにとって
おなじあかいちのながれているひと
おなじことばをはなすひと
はるかなむかし
おなじうみのそこから
ゆっくりとうまれてきたひと
それなのに
わたしではないひと
あなた

けれどもし
あなたとであわなかったら
わたしはいない
あなたと
いいあいをしなかったら
わたしのことばは
むなしくそらにきえる
あなたをぶたなかったら
わたしは
ひとりぼっち

あなたは
だれ?
いってしまったあとも
わたしのこころに
いるひと

うみにむかって
ほっそりとしたすがたで
たっているひと
いつまでも
たっているひと
わたしとちっともにていない
かおをして
わたしとはちがう
くつをはいて
わたしのみない
ゆめをみるひと
わたしではない
あなた
たとえはなればなれのみちを
あゆむとしても
あす

わたしは
あなたに
あいたい

あなたは
どこ？

『日々の地図』より

——一九八二年　集英社

神田讃歌

その街で靴を買ったことがあって
その靴でサン・フランシスコの坂を上った
その街で栗の菓子を食べたことがあって
その香りが秋のくるたびによみがえる

ただ一冊の書物をもとめて
長い午後を夕暮へと歩む街
行き交う無数のひとびとの暮らしを
一行の真理とひきかえにしようと夢見る街

その街で弁護士志望の娘と会って

その娘はいつのまにか詩を書き始めていた
その街で無精ひげをはやした編集者と話して
その男の名は伝説になった

産声に始まって念仏に終る声の流れ
白い畠に黒い種子を播く活字の列
私たちの豊かな言葉の春夏秋冬が
この街の季節をつくっている

その街で学生たちの泣くのを見た
あの涙はどこへ消え失せたのだろう
その街で時代の歌を聞いた
その旋律は今も路地にただよいつづける

声高に批判しうつむいて呟き
無表情に計量し怒りつつ語呂をあわせ

この街にかくされている
ありとある思いの重さ
たとえ川は忘れられても
この街に人間の河は絶えない
たとえ祭はすたれようと
この街で人は人に出会いつづける

都市

扉をあけること
透き通った扉を押して
ほの暗い内部(なか)へ歩み入ること
壁に沿って曲り自分の靴音を聞き
ひとりのひとに出会うこと

そのひとの皮膚の輝きを
なすすべもなく見守ること

それらいくつかの事柄が
囁き交しながら流れ去る
その迅(はや)さが一日をつくっている
身のまわりのすべての物の
表は明るくそれぞれの貌(かお)をもち
裏に隠されたものを見せようとしない
この六月の青空もまた

背中

きみの裸の背中が私の前に立ちふさがって
何も見えない

脊椎の連なりは海にただよう浮漂(ブイ)
その比喩くらいのものだ
いま私がすがりついていられるのは

だがきみの背中のさえぎる国に私は生き
きみの背中のかくす人が私をおびやかす
テレヴィの喋る言葉は冷たい指のように
私の裸の心臓をまさぐる
そこにはもう秘密はないのに（怖れだけで）

宇宙に浮かぶ幻想の地図の上の
幻想の都市のどこかに
私は幻想の住所を無理矢理書きこむ
その場所に私はいる
雑木林の時間を失って

それでもきみは私を好きと言う
すべてをかくすその背中で
言葉がひとつの大きな溜息の中で死に
ふたたび耐えがたい鈍痛におかされるまで
まだ僅かな間がある

間違い

わたしのまちがいだった
わたしの　まちがいだった
こうして　草にすわれば　それがわかる

そう八木重吉は書いた（その息遣いが聞こえる）
そんなにも深く自分の間違いが
腑に落ちたことが私にあったか

草に座れないから
まわりはコンクリートしかないから
私は自分の間違いを知ることができない

たったひとつでも間違いに気づいたら
すべてがいちどきに瓦解しかねない
椅子に座って私はぼんやりそう思う

私の間違いじゃないあなたの間違いだ
あなたの間違いじゃない彼等の間違いだ
みんなが間違っていれば誰も気づかない

草に座れぬまま私は死ぬのだ
間違ったまま私は死ぬのだ
間違いを探しあぐねて

からだ

男が男のからだのかたちしてしか
生きることのできないのはくやしい
かたちのないこころだけであったなら
もっと自在にあなたと交われるものを

だがことばよりくちづけで伝えたいと
そう思うときのこころのときめきは
からだなしでは得ることができない
いつか滅ぶこのからだなしでは

こころがどこをさまよっていようと
こころがいくつに裂けていようと
女がただひとつのからだのかたちして

いま私のかたわらにいるのはかなしい

道化

どんな悪口を言っても
もう誰も怒ってくれないのです
その代り私がくしゃみをしただけで
みんな待っていたように笑い崩れる

どんな失敗をしても
もう誰も帰ったりはしないのです
その代り空中ブランコの女が落ちても
みんなガム嚙みながらおしゃべりしてる

化粧をおとし衣裳をぬぎ春の夜

鏡の前で自分をみつめると
私もみんなと同じ顔

家へ帰って私も歯をみがくのです
私もS・Fを読むのです　そして
夢の中で王に首を刎(は)ねられる

朝

隣のベッドで寝息をたてているのは誰？
よく知っている人なのに
まるで見たこともない人のようだ

夢のみぎわで出会ったのはべつの人
かすかな不安とともにその人の手をとった

でも眠りの中に鎧戸(よろいど)ごしの朝陽が射してきて

朝は夜の土の上に咲く束の間の花
朝は夜の秘密の小函(こばこ)を開くきらめく鍵
それとも朝は夜を隠すもうひとりの私？

始まろうとする一日を
異国の街の地図のように思い描き
波立つ敷布の海から私はよみがえる

いれたてのコーヒーの香りが
どんな聖賢の言葉にもまして
私たちをはげましてくれる朝

ヴィヴァルディは中空に調和の幻想を画き
遠い朝露に始まる水は蛇口からほとばしり

新しいタオルは幼い日の母の肌ざわり
インクの匂う新聞の見出しに
変らぬ人間のむごさを読みとるとしても
朝はいま一行の詩

私的な equivalent

ゆうべ書いた詩らしきものを読み返して
まんざらでもないと思うことのできる朝
そんな朝がいくつか欲しいんだ
あとは月に二・六回ほどの
思い出す必要もないくらい寛いだ体の歓び
車のフロント・グラスの彼方の遠い山脈の
さらに向こうの消失点や

場末の中国料理店での米粉(ビーフン)の味
印度木綿の襯衣(シャツ)の肌ざわりも加えておこうか
そんな私事にテレヴィジョンの画面に映る
建設中の石油備蓄基地が
ジグソー・パズルの一片のようにはめこまれ
私の内なる天下国家は呼吸している
なんと正確に対応していることか
冬のさなかの卓上の一片のトマトが
異国の学生の射殺死体の血の色に

あとがき

新聞、雑誌などのもとめに応じて、そのときどきに書いたものを取捨して、また一集を編んだ。旧作もいくらかはまじっているが、おおかたは近年の作で、私の身辺の変化を伝えているものもあるかと思う。

私たちは人や土地や時の縁にむすばれて、日々を暮らしている。詩もまたそれらと離れては存在し得ないところがあって、それは詩をしばるどころかかえって自由にする。正直になりたい、裸になりたいと思いながら書いていても、詩をしばるものは結局自分でしかない。

『そのほかに』につづいて、今回も鈴木啓介氏に負うところが大きい。記して感謝の意に代える。

一九八二年十月

谷川俊太郎

『どきん』より　　　　——一九八三年　理論社

うんこ

ごきぶりの　うんこは　ちいさい
ぞうの　うんこは　おおきい

うんこというものは
いろいろな　かたちをしている

いしのような　うんこ
わらのような　うんこ

うんこというものは
いろいろな　いろをしている

うんこというものは
くさや　きを　そだてる

うんこというものを
たべるむしも　いる

どんなうつくしいひとの
うんこも　くさい

どんなえらいひとも
うんこを　する

うんこよ　きょうも
げんきに　でてこい

みち　4

まよわずに
ひとすじに
とりたちはとおいくにへと
とんでゆきます

そらにも
めにみえぬみちがあるのでしょうか
そのみちをてらすのは
かすかなほしのひかりだけなのに

いそがずに
おそれずに
ちずもなくとりたちは

かなたへとおざかる

海の駅

ぼくはもう飽きたのに
ぼくはもう要（い）らなくなったのに
ぼくはもう遊ばないのに

玩具（おもちゃ）の機関車がぼくを追いかけてくる

もう子どもじゃないんだ
もう違う夢を見るんだ
もうひとりきりになりたいんだ

それなのにまだ間ぬけな汽笛を鳴らして

水平線にまで線路は続いているかのように

捨てちまうよ
海の中に投げこむよ！

——どうしてかそれはできない

おかあさん

ぼくみえる
ひとしずくのみずのきらめき
ぼくきこえる
ひとしずくのみずのしたたり
ぼくさわれる
ひとしずくのみずのつめたさ

おかあさん
ぼくよべる
おかあさーんって

おかあさん
どこへいってしまったの？
ぼくをのこして

あくび

ぼくは四十きみは十
としは少しはなれているけど
おんなじ時代のおんなじ国に
ぐうぜんいっしょに生きている

ぼくは四十きみは十
ならった教科書は少しちがうが
むかしもいまも地球はまわって
朝がくればおはようなのさ
大臣がなんどかわろうが
うそつきはやっぱりいやだな
子犬はやっぱりかわいいな

やがてきみは四十ぼくは七十
その時も空が青いといいんだが
いっしょにあくびができるように

いちばのうた

うるんならいちえんでもたかくうる
かうんならいちえんでもやすくかう
けちでずるくてぬけめがなくて
じぶんでじぶんにあきれてる
だけどじぶんがいちばんだいじ
よくばりよくぼけがりがりもうじゃ
たにんをふんづけつきとばし
いちばはきょうもひとのうず

うれるならいしころだってうっちまう
かえるならにんげんだってかっちまう
けちでずるくてぬけめがなくて
おかねがおかねをよんでいる

だからおかねがいちばんだいじ
よくばりよくぼけがりがりもうじゃ
あざみもすみれもかれてゆく
いちばはきょうもひとのうず

あいうえおうた

あいうえおきろ
おえういあさだ
おおきなあくび
あいうえお

かきくけこがに
こけくきかめに
けっとばされた

かきくけこ

さしすせそっと
そせすしさるが
せんべいぬすむ
さしすせそ

たちつてとかげ
とてつちたんぼ
ちょろりとにげた
たちつてと

なにぬねのうし
のねぬになけば
ねばねばよだれ
なにぬねの

はひふへほたる
ほへふひはるか
ひかるよやみに
はひふへほ

まみむめもりの
もめむみまむし
まいてるとぐろ
まみむめも

やいゆえよるの
よえゆいやまめ
ゆめみてねむる
やいゆえよ

らりるれろばが
ろれるりらっぱ
りきんでふけば
らりるれろ

わいうえおこぜ
おえういわらう
いたいぞとげが
わいうえお

ん

どきん

さわってみようかなあ　つるつる

おしてみようかなあ　ゆらゆら
もすこしおそうかなあ　ぐらぐら
もいちどおそうかあ　がらがら
たおれちゃったよなあ　えへへ
いんりょくかんじるねえ　みしみし
ちきゅうはまわってるう　ぐいぐい
かぜもふいてるよお　そよそよ
あるきはじめるかあ　ひたひた
だれかがふりむいた！　どきん

『対詩　1981. 12. 24〜1983. 3. 7』（正津勉との共著）より

——一九八三年　書肆山田

12　母を売りに

背に母を負い
髪に母の息がかかり
掌に母の尻の骨を支え
母を売りに行った

飴を買い母に舐(ねぶ)らせ
寒くないかと問い
肩に母の指が喰いこみ
母を売りに行った

市場は子や孫たちで賑わい

空はのどかに曇り
値はつかず
冗談を交し合い

背で母は眠りこみ
小水を洩らし
電車は高架を走り
まだ恋人たちも居て

使い古した宇宙服や
からっぽのカセット・テープ
僅かな野花も並ぶ市場へ
誰が買ってくれるのか

母を売りに行った
声は涸(か)れ

足は萎え
母を売りに行った

＊

明るい詩をおくれ、勉。雨戸閉めきった部屋の中で手探りしてないで、出ておいで。川が流れているよ、トンボも飛んでいるよ、十円玉が道端に落ちているよ、そうして時が過ぎてゆく。何が見える？ ふりむいてごらん、背中ごしに。なんでもいい、見えたものをおくれ、眠りこむなよ。

14　音楽のように

〈人類は女性から男性へと進化してきた〉と言ったのは誰だったっけ？〈女は／土の産物だから紅梅や白梅の花を咲かせるが／観念的な存在である男は／夜あかしで酒を飲むしかないのかもしれない〉と書いたのは田村隆一、そして人は誰でも両性具有、完全な男、完全な女なんていやしない、女の酒飲みが増えているのは、女が男を真似ておのれの意識化、言語化をおっぴらにしめたからか、それが進化の必然なのか、そもそも進化なんて必要なのか、明るさを理性の産物だと言うだけでは、イノセンスのあの輝くような明るさを説明できない、自分で言い出しておいてわるいけど明るい詩っていったいどんな詩なんだろう、明るいという一語すらすでに暗さを連想させる、だが〈しるよしもない〉というきみの旋律に、微光の感じられる不思議を、勉よ、どう考えればいい？

＊

音楽のようになりたい
音楽のようにからだから心への迷路を
やすやすとたどりたい
音楽のようにからだをかき乱しながら
心を安らぎにみちびき
音楽のように時間を抜け出して
ぽっかり晴れ渡った広い野原に出たい

空に舞う翼と羽根のある生きものたち
地に匍(は)う沢山の足のある生きものたち
遠い山なみがまぶしすぎるなら
えたいの知れぬ靄のようにたちこめ
睫毛にひとつぶの涙となってとどまり
音楽のように許し
音楽のように許されたい
音楽のように死すべきからだを抱きとめ
心を空へ放してやりたい
音楽のようになりたい

32 〈ねぇ〉

笑いで胡麻(ごま)かすわけにはいかない、泣いて忘れるわけにはいかない、人波に紛れることはできない、水に流すこともできない、夕焼空に溶けこむすべはなく、子宮に帰るてだてもない、どう終ろうか、勉、終るかたちがみつからない、どこまでいっても終れないのが、おれたちの歌、ぎごちないきれぎれの旋律が建物の壁に反響し、宙に浮いている。道歌でなく攘歌（じょうか）でなく、悼歌でもなく、まして頌歌ではない、いずれは日常のしどろもどろと区別もつかない骨無し歌、だがだからこそと、居直ってみるか、居直れるか、それだけのしこりがうじゃじゃけた魂のどこかにあるか、かたちで交歓できぬとすればせめて真情でわたりあいたいと考えても、それが手練手管で終りそうな言葉のはしゃぎようをどうしよう。

*

その女は生きていて目前に居る
舌で上唇をしめしてから
後期ロマン派のヴァイオリンの鼻声で
〈ねぇ〉と言う
その〈ねぇ〉はどんなえくりちゅーるよりも
手に負えない（のはきみも御存知）

いったいどこから出てくる声か
なまあったかい血がにおうし
もつれあう内臓の冥（くら）さが谺（こだま）している
にぶく輝く歯と伸び縮みする舌を
きりもなくなめらかにする唾液にまみれて
意味はぬるぬると唇からすべり落ちる
〈ねぇ〉
これが魂っていうものなのか
眼の迷う暗い洞穴に耳が聞きわけるのは
祭の動悸死屍のざわめき
その女は生きていてここに居る
ずうっと昔からここに居る
誰も彼女を荒野に追放できなかったから
誰も彼女を知りつくせなかったから
今もって〈ねぇ〉と言ってる
それに答えるすべを男は永遠に知らない

『スーパーマンその他大勢』より　――一九八三年　グラフィック社

花屋さん

花屋さんではピストルも売っている
そんなおそろしい話を耳にしました
噂の出所はどうやらパン屋さんらしいのです
パン屋さんの次男坊はふた月ほど前
花屋さんの一人娘にふられたのだそうです
だからあることないこと触れ廻るんだと
酒屋さんのアルバイトの大学生は言います
彼もどうやら花屋さんの娘が好きらしいと
そう言ったのは本屋さんの婆さまです
この婆さまは昔はテニスの選手でした

詩人

詩人は鏡があると必ずのぞきこみます
自分が詩人であるかどうかたしかめるのです
詩人かどうかは詩を読んでも分からないが
顔を見ればひとめで分かるというのが持論です
詩人はいつの日か自分の顔が
切手になることを夢見ているのです
できればうんと安い切手になりたいんですって
そのほうが沢山の人になめてもらえるから
詩人の奥さんは焼そばをつくりながら
仏頂面をしています

果物屋さん

果物屋さんは夜になると電話をかけます
もちろん果樹園の主人にかけるのです
でも果物の話はほとんどしません
ふたりは最近読んだ本の話をします
果物屋さんはこのところＳＦに凝っています
どうして他の星の生物が人間の言葉を喋るのか
それが果物屋さんにはどうも腑に落ちません
一言も分からなくていいから
宇宙人の喋る言葉をこの耳で聞きたいと言うと
果樹園の主人は何故か黙りこんでしまいます

お医者さま

お医者さまは病気をみつけるのが趣味です
というのも近ごろでは何故か
病気になりたがっている人が多いからです
どこも悪くなくてぴんぴんしてるのは
鈍感みたいで恥ずかしいという銀行員に
桃色と黄色と透明な薬をあげます
ひとつも病気がないというのも病気の一種だと
お医者さまは分かりやすく説明してくれます
お医者さま自身ももちろん病気です
なおらないように毎日湿布をしています

お坊さん

お坊さんはとてもとても困っています
三年前に酔っぱらって階段から落ちて死んだ
落語家の友だちが夜中に電話をかけてきて
〈極楽はつまんねぇ所だよォ〉と言うのです
〈蓮の花なんてプラスチックでよォ
観音さまはむっつりしてるし
地獄のほうへ引っ越せねえかなァ〉
一所懸命お経をあげるのですが
落語家の友だちは毎晩電話してくるのです
お坊さんはヤケ酒を飲み始めています

スーパーマン

スーパーマンは駅前の本屋さんで
スーパーマンの漫画を五さつ買いました
自分のことがのっているので嬉しくて
少しだけ空を飛んでみました
それからマクドナルドへ寄って
天ぷらうどんを注文したのですが
みんながげらげら笑うので困ってしまって
笑わない悪漢を探しに出かけます
スーパーマンには実は恋人がいるのです
恋人は紫色の仔豚と同棲しています

『手紙』より

接吻の時

きみは何を考えてるんだ
目をつむり
鼻をかすかにふくらませて
きみは何を考えてるんだ
ぼくのこと
それとも自分のこと
それとももっと他のこと
ぼくらの上に陽は輝き
ぼくらのまわりに
人々のざわめきがきこえる
だけどぼくらは

――一九八四年　集英社

大昔のミイラのように抱きあって
それで幸せをつかむ気でいる
きみは何を考えているんだ
ひたいに汗をかき
眉をしかめて
きみは何を考えているんだ
未来のこと
それとも今のこと
それとも何も考えていないのか
ぼくらの上に夜が来て
ぼくらのまわりに
死者たちのうめきがきこえる
だけどぼくらは
真夏のつるのようにからみあって
それで愛をつかまえる気でいる
きみは何を考えているんだ

きみはぼくが何を考えているんだろうと
一度でも考えたことはあるのだろうか

梨の木

梨の木は本当だった
山羊も遠い山々も
重い木の扉も
小鳥の鳴声も

ただ私たちだけが
本当ではなかった
隠された不安
つくられた微笑

たがいの幻想に憩い
好みの飲物を啜り
真実を避けようと
とめどなく話しつづけ

死までの長い時間を
量ることができず
物から物へと
視線をさまよわせた

梨の木は本当だった
八百年前に置かれた石も
その上の陽差も
一匹の蠅も

私の女性論

1

あなたは音楽です
ぼくが音痴なので

2

蛇のようなあなたは知りません
あなたのような蛇なら見たことがある

3

赤は白じゃないわ
黒も白じゃないわ
だから赤と黒とはよく似ているわ

そんなあなたの三段論法を
居眠りしながら聞いているのが
ぼくは好きです

4

脱ぐために着るのですか
それとも
着るために脱ぐのですか
もともとすき透ってるそんないろいろを

あなたのお尻は十分大きいのである
地球を一個の回転椅子とするほどに

5

洗濯機が廻っています
アイロンが熱くなってゆく

お芋が焦げつきます
テレビで誰かが接吻している

あなたは優しく居坐っていらっしゃる
仏さまのように謎めいて

兵士たちが倒れます
ロケットが飛び出してゆく
男たちは議論しあう
歴史の本がめくられます

6

あなたと扇
あなたと樹
あなたと家鴨

あなたとサファイア

この世のすべてがあなたに似合う

その中でただひとつ
あなたに似合わぬもの
それは
女

7

あなたを単純と考えるぼくの複雑
ぼくを複雑と考えるあなたの単純

8

先ず初めに眼を見る――
そんな男は偽善者です

先ず初めに胸を見る――
そんな男は偽悪家です
先ず初めに全部を見て――
見きれないので抱いて見る
それが正直な男です

9

あなたはダイアモンドです
ぼくは炭素です

10

それとも――
あなたは天然色の写真です
ぼくは幻灯機です
一年じゅう点きっ放しの

水脈

逆らえぬ感情には従うがいい
それが束の間のものであろうとも
手をとらずにいられぬときには手をとり
目の前のひとの目の中に覗くがいい
哀しみと呼ぶことで一層深まるひとつの謎
生まれ落ちてからこのかたの日々のしこり
そのひとしか憶えていない黄昏の一刻(いっこく)の
闇に溶けこむ暗がりにうつるあなた自身を
一人がひとりでしかありえぬとしても
私たちの間にはふるえる網が張りめぐらされていて
魂はとらえられてもがく哀れな蝶
だからときとしてみつめあうしかないのだが
どんな行動も封じられているその瞬間に

かえって私たちは自由ではないのか
慰めの言葉ひとつ浮かんでこないからこそ
心はもっとも深い水脈へと流れこみ
いつか見知らぬ野に開く花の色に染まって
大気のぬくもりと溶けあうだろう

陽炎

柔毛（にこげ）のようにけぶる春の木々に眼を憩わせ
空へとつづく地の静もりに耳を溶かし
陽にあたためられたせせらぎから匂い立つ
かすかななまぐささにおのが息をまぜ
私の感じたほどのことはもうすでに
数限りない人々が感じとってきたこと
私の考えたほどのことはもうすでに

数千年前の誰かが考えていたこと
けれどその珍しくもない束の間の
誰でもないこの私のこころとからだの
陽炎（かげろう）のようなゆらめきときめき
歓びの次に怖れが怖れの次に執着が
だがそのように名づけるそばから崩れてゆく
刻々にくり返す波として私は生きている
明日を知らないこのからだも
今日ならたしかに知っているのだ
子らの歌う素朴な調べにもかくれている
昔ながらの至福なら

色の息遣い

色

色はとどまることがない、ある色は他の色の予感、そして思い出、ある色は他の色をかくし、またあらわす、絶えず流れ、しりぞけあいながらまじりあい、色はたがいに演技しあい、変装しあう。色の息遣いを名づけることはできない、それらはいつか薄明へと褪せてゆくが、ふたたび恥じらいつつよみがえる、生あるものの歓びのために。

白

雪の白ではない、霜の白ではない、波の白ではない、雲の白ではない。塗られた白ではない、塗り残された白ではない、さらされた白ではない、けずられた白ではない。空白の白ではない、輝く白ではない、けがれなき白ではない、初まりの白でも、終りの白でもない。本当の白は何か。

黒

黒。それは中身をもたない。黒、それはどんな深みにおいてすら表面である。黒を照らし出す光は、黒に奪われる。黒は何ひとつ私たちに返してくれない。それはすべてを呑みこみ、みずからに同化する。どんなに小さくとも、それは一個のピリオド、だがそれは汚点ではない。きわめて硬質で重いが、その特質を備えた物質は、いまだこの地上に発見されていない。私たちはただ時折の悪夢のうちにのみ、真正の黒の一端に触れることができる。黒。それは色ではなく、ひとつの在りかたである。

赤

赤は闇から立ち上る、赤はむしろ黒の庶子、だがその叫びを誰も聞きとることができない。赤は光へと死に絶える、赤はむしろ白のいけにえ、だがその願いはほんの束の間かなえられるだけ。

青

どんなに深く憧れ、どんなに強く求めても、青を手にすることはできない。すくえば海は淡く濁った塩水に変り、近づけば空はどこまでも透き通る。人魂もまた青く燃え上るのではなかったか。青は遠い色。漠としてかすむ遠景へと歩み入り、形見として持ち帰ることのできるのは、おそらく一茎（ひとくき）のわすれなぐさだけ、だがそれをみつめて人は、忘れてはならぬものすら忘れ果てる。おのがからだのうちにひそむ、とこしえの青ゆえに。

黄

黄。切り裂いて閃くもの、恥を知らずあらわにするもの、いつまでもつづく耐え難い喚き声、まばゆい汚物が溢れ出る、誰にも埋めることのできない世界の裂け目から。目はそこに吸い寄せられる、そして目はそこで拒まれる。あらゆる細部を失って、目は滑ってゆく、質感のない黄の、輝きわたる地平を、きりもなく。

緑

なにかしら異っているのだ、この緑という色は。別世界からもたらされたのだ、突然なんの前触れもなく押し入ってきたのだ、おそろしい生命に満ちて、むんむん匂い立っている。この星に初めて緑がはびこったとき、私たちは生まれていなかった。この星が緑におおいつくされるとき、私たちのすべては廃墟。緑から目を離すな。

茶

あるいは黄に、あるいは赤に、絶えず侵蝕されながらも、茶はその諧調のうちにへりくだる。かたくなな自信に支えられて、茶はすべてがやがて自分に還ってくることを夢見ている。茶はさりげなく世界をカモフラージュする、あたかも何ひとつ劇は起らないとでもいうかのように。それはたしかにひとつの賢い方法だ、宇宙の悪意から身を守るための。

音楽

避けようもなくひとつの旋律は終りに近づき
誰もそれをとどめることはできない
心に押された旋律の烙印は肉の臭気を放ち
きみを奥深い記憶のうちの牧場へと連れ去る
そこに吹いていた風がいまここの
窓辺にたゆたっていることを知るために
きみは無数の曲りくねった小径に迷い
だが結局それは一筋のもつれた糸
穀物と肉を食うように口が造られたとき
すでにきみの耳は音楽を聞いていたのだ
たどりきれない過去のくらやみに向かって
みつめきれない未来のまぶしさに向かって
きみのからだはひとつの旋律となり

どこまでも引き伸ばされゆるやかに波打つ
耳元で囁きかけるものにはどんな形もなく
渦巻く星雲をみたす真空のうちにさえ
音はさながら宇宙への媚びのように
言葉を憐みつついつまでもまとわりつく

アルカディア

長い触角をもった名も知らぬ虫が
卓の上で行手をまさぐっている
今を生きる小さな喜びの前で
あらゆる思い出は退屈だ

風が木々の梢を渡ってゆく——
そんな決まり文句でしか

とらえられぬ一瞬があって
その時を愛していけない道理はない

しなやかな発条(バネ)のように季節は
らせん状に時を進める
子どもたちの背丈が伸びたのを
喜ばぬ親がいるだろうか

それと知らずに愛する人々は
どこか遠くをみつめている
おそらくは到ることのできない
他の星の上の土くれか何かを

長い曲りくねった道を歩みながら
みちばたの草の葉に手をふれる
幸福な結末というものはないのに

誰もが一度はお伽話を信じた
私たちはみな永遠の胸をまさぐる子ども
雲のむこうで稲妻がひらめき
はるかな雷鳴が夕立のくるのを告げる
天地創造のその時のまま

息

風が息をしている
耳たぶのそばで
子どもらの声をのせ
みずうみを波立たせ
風は息をしている

虫が息をしている
草にすがって
透き通る胎を見せ
青空を眼にうつし
虫は息をしている

星が息をしている
どこか遠くで
限りなく渦巻いて
声もなくまたたいて
星は息をしている

人が息をしている
ひとりぼっちで
苦しみを吐き出して
哀しみを吸いこんで

人は息をしている

魂の戦場　――和田夏十さんの霊前に、一九八三年二月二十一日

ひたむきにみつめたひと
苦しみのさなかにも
輝く瞳を失わずに生きたひと
決して目をそむけなかったひと

魂のもっとも深い戦場で
ひとり戦ったひと
哀しみの鎧（よろい）と苦しみの槍で
ひそかな歓びを守りつづけたひと

ただ一行の台詞（せりふ）のために

すべての思い出を失う危険すらおかしたひと
ただひとつの生活のために
言葉よりも沈黙を択ぶことのできたひと

なじんだ椅子にまっすぐに座り
愛する者にも鋭い批評を忘れなかったひと
ひんやりと小暗い台所に立って
日々を倦きずに満たしたひと

妻であったひと
母であったひと
女であったひと
そして子供のように笑うことのできたひと

この地上の明るい陽差の中で
もっと明るい光に憧れやまなかったひと

私たちの知りつくせない物語(シナリオ)を
虚空に書き遺してくれたひと

終ることのない生の苦い旋律が
今日から明日へと流れてゆくとき
私たちはいつまでも憶えている
未知の彼方から注がれるひとつの目差(まなざし)を

子どもと本

子どもよ
物語の細道をひとりでたどるがいい
画かれた山々を眼で登りつめ
洞穴の奥の竜の叫びに耳をすますがいい

子どもよ
本の騎士と戦い本の王女に恋するがいい
煮えたぎる比喩の大鍋の中の
昨日にひそむ今日をむさぼり食うがいい

子どもよ
意味の森で迷子になるがいい
修辞の花々に飾られた小屋に逃げこみ
魔女に姿を変えた母親に出会うがいい

そして子どもよ
なんどでも本を破り捨てるがいい
言葉の宇宙を言葉のはてまで旅して
ふたたび風船ガムをふくらますがいい

あとがき

二十年も前に書いたものが、ついこの間の作にまじって、いったいどんな顔つきを見せるものだろうか、そんなことも詩集を編む楽しみのひとつであることを、鈴木啓介さんは私に教えてくださった。本集はほとんど鈴木さんまかせで出来上がったようなものである。

作者自身には意外に自作が見えていないものだ。自選自輯ばかりが良いとは限らない。たとえば同時期に書いた連作をばらばらにしてしまうなどという芸当は、自分ではなかなかできない。鈴木さんは何よりも詩集全体の流れを重く見る。愚作にも愚作なりの居場所をちゃんと考えてくださる。

計らずも三篇の悼詩が本集に含まれることになった。詩が死に親しむことで生へ向かうものであることを、少しずつ私は信じ始めている。

一九八四年一月

谷川俊太郎

『日本語のカタログ』より　　　——一九八四年　思潮社

散文詩

　今、私は一篇の散文詩を書き始めるべく、四百字詰原稿用紙を何枚か重ねて机上に置き、Bの芯を入れたスタドラーのホルダーを右手にもち、こうして日本語を書いている。私にこのささやかな行動をとらせる直接の動機は、一商業誌からの散文詩執筆の依頼であるが、その商取引としての側面はほとんど無視可能なほどに小さく、真の動機は私の内部にある多義的で漠とした欲望にあると言っていい。だが単に詩ではなく、散文詩へとうながされたことで、私の欲望は知らず知らずのうちにこうしたひとつの文体へとその捌口（はけぐち）を見出している。

　このような文体が散文ではなく、散文詩として分類され得るものか否かについては、私には確信はない。けれども、死へと向かう私たち人間の日々の営みそのものは、散文にたとえられるよりも、詩にたとえられるほうがより適切ではないかと私は考えていて、その仮説、というより一種の盲目的直観に従うなら、日常的行為の一切は常に詩を秘めている。すなわち今、私が行っている書くことについての記述も散文的外観を見せながら、詩を主張することが可能なのではないか。ヴァレリーの古典的定義に倣えば、私たちは死へと歩いてゆくのではなく、死ぬまで踊りつづけているに過ぎない。

　私の目前の窓外には、鉄筋コンクリート造四階の建物がある。これは老齢者の居住を主とする共同施設だが、その目的のみによって建物の存在を説明しきれるとは思えない。これもまた人間たちの多義的で漠とした欲望の表現であるとともに容器であり、そこに内在する言語の集合を、不可能な一篇の散文詩として考えることもできよう。幻視によるまでもなく、肉眼による観察がすでに夥しい連想をもたらし、私たちを絶えず散文から詩へと滲出させている。今、唐突に一本のたんぽぽについて述べたい不可解な欲求を抑えて、私はひとまず書くことをやめ、ふたたび沈黙の揺籃（ゆりかご）に身をまかせる。一九七九年五月二四日午後一時一六分記。

註。だがこう書くことで何かが成就されたとしても、私はそれを名指すことができない。むしろ私はいっそう深く抑圧されたある身体の如きものを感ずる。それはこのような文体を嫌悪する。あるいはこのような文体に無関心である。そして涎（よだれ）と尿を分泌するだろう。

K・mに

かつて一度LSDの影響下にあったとき、私は一枚の白紙の奥行きを、どうしても見究めることができないという経験を味わいました。何かを描くとき、あるいは何かを刷るとき、あなたは多分、白紙の一面から始め、それを仮に表面と呼ぶと思います。そのとき、あなたは白紙のもう一方の面、すなわち裏面に到達することを望んでいらっしゃるのでしょうか。もし望んでいらっしゃるとすれば、そこに到達するどのような方法があるのでしょうか。また、もし望んでいらっしゃらないとすれば、そのとき裏面とは、あなたにとっていったいいかなる意味をもっているのでしょうか。

この疑問は古典的な遠近法の原理を考えるときにも、私の心によみがえります。消失点と呼ばれるあの不思議な点に、私たちは決して到達することができぬはずですが、いま仮に、遠近法を用いて描かれた画面は、その消失点と呼ばれる時空の一点から、巨大な幻灯機によって投写された映像であると考えることもできるとすれば、そのとき絵の画かれた紙の、あるいはカンバスの裏面とは、いったいどこに存在するものなのでしょう。裏返した瞬間にいわゆる裏面と考えられた紙の一面は表面になります。たとえ画面を真横から眺めるにしろ、私たちはその左ないし右に、消失点を考えずにいることはできません。

このように無限（infinity）という考えに固執することが西欧的であるとすれば、永久（perpetualness）という考えに傾くのは、東洋的であると言うこともできるでしょうか。東洋に遠近法が発達しなかったのは、私たちに永久という観念はあっても、無限という観念はなかったことのひとつの傍証であるかもしれません。このことは私に、宇宙をどこまでも旅することができるとすれば、その旅人はいつか出発点に戻らざるを得ないという、現代宇宙論の示唆する結論を思い出させます。もしそうだとすると、宇宙に外側というものが存在しないように、一枚の白紙にも裏面というものは存在しないのでしょうか。

さて、私があなたにお願いしたいのは、以上のいささかソフィスト的な議論に、飾画（illumination）をいただくことです。御承知のようにこの言葉の原義は、光を入れるというところにあり、それは空白の空間を聖化することに他なりませんでした。プロティノスによれば、物を奥行きにおいて表現することは、眼を物質の認識にとどめておくことにすぎず、西欧中世の画家たちは、霊的な絶対空間を現前させるべく一切の透視図法、短縮法をとらなかったと言われています。私のあざむきやすい言語の壁を、あなたのアイコンによってイリュミネートしていただくことは、その派生的な意味、蒙を啓くことにもつながるでしょう。私もまた、遍在する光を求めています。

24/1/1977

T・s

1:1

一分の一ちゅう地図があるだなあと男が言い出した。どこの地図かねと私がきいた。そらあどこのだってあるわなあ、まあ世界中あるわあと男は言う。五万分の一なんてなああありゃあ地図じゃねえ、ちまちましてるばっかしでおもちゃみてえなもんだあ、だいたい縮尺なんてするからおかしくなるんだあ、五万分の一にすりゃあ五万倍背が高くなったような気がしてよお、道にあいてる穴ぼこだってついつい見逃すようになるだなあ、抽象はいけねえよ抽象はと男は鼻息が荒い。

そうするとなにかね一分の一の地図には穴ぼこまで記入されてるのかねと私がきく。石ころひとつ、落葉一枚おとしちゃいねえよおと男は答える。どんなちっぽけな曲角だってのってるから迷いようがねえなあ、距離出すにも掛算は要らねえ、自分の足で歩いてみりゃそれでいいんだあ、便利なもんじゃねえかあとすましている。それじゃきみ地図とは言えんよ、そりゃなんというかつまり実物じゃないかと私はあきれる。すると男は待ってましたというふうでまくし立てる。地図は地図よお、樹がおっ立ってるわけじゃなし、池に水があるわけじゃなし、風が吹いて人が歩いてるわけじゃなし、四次元でも三次元でもねえぺらぺらの二次元よお。

しかしねきみと私は食い下る。一分の一の地図をこのテーブルの上にひろげてごらんなさい、テーブルの上にあるのはこのテーブルの平面図に過ぎないということになるじゃないか。けれど男はさらに動じない。そりゃひろげかたが悪いやあ、うまくひろげりゃこのテーブルの上に南極点がのっかるかもしれねえし、赤道が横切るかもしれねえ。なんも実物のここに地図のここを重ねなきゃならんちゅう道理はねえとくる。

だがそうやって一分の一の地図を全部ひろげたらきみはそいつで地球を風呂敷づつみにすることになる。そんなこととしてどこがいいのかね、洞穴から古井戸から行き止まりから地平線のむこうまでなにもかも原寸で記入されていては夢がなさ過ぎるよ、地図を頼りに何かを探す楽しみがないじゃないかと私は思わず本音を吐く。そうかいそうかいと男はにやにや笑う。おめえさんのその夢見る頭脳のはるか天国寄りの上のほうをよ、人工衛星ちゅうもんが飛んでるのを御存知ねえのかあ、ありゃあおめえさんの禿の上の蝿一匹だって見逃しゃしねえって言うぜ。

だったらよお、今どき地図にのってねえ場所があるかってんだよお、地球が球体だなんてもう古いんだわあ、地球はやっぱし平たいんだわあ、ぺらぺらの紙なんだわあ、そいでもってそこにゃあここもあそこもどこもかしこも区別なくのっぺりと記入されてんだあ、おれたちゃもう迷子にだってなれねえんだぜえと男はしたり顔なのだ。

女への手紙

女よ、あるとき私はあなたの胎の中にいて、私はあなたであり、あなたは私だった。何ひとつ憶えてはいないのに、そのときの記憶が私を甘美な眠りへといざない、その誘惑にあらがうことが私を苦しめる。

女よ、あるときあなたは私を外界へと追放し、私はあなたでなくなり、あなたは私でなくなった。生まれ出た瞬間から私は男となり、あなたに渇きつづける者となった。なまあたたかい羊水と、冷たい外気との間のいやしようのないへだたりが、私にとって初めての現実であった。

女よ、あるときあなたは私を見知らぬ他人の群の中に置きざりにし、あなたがいつかこの世から消滅する存在に過ぎぬことを私に悟らせた。あなたなしで生きていかねばならない恐怖が、私をあなたから遠ざける。あなたを失うことを前提として、どうやってあなたを愛せるのだろう。

女よ、あるときあなたは私とよく似た顔かたちをして私の前に現れた。だがあなたはその衣裳の下に私とは異るからだをかくしていて、そのちがいを確かめようとする幼い好奇心が恥ずべきものである理由を、いまだに私は知らない。

女よ、あるときあなたは実体であることをやめ、とらえどころのないひとつの観念となった。そういうあなたを男たちは稚拙な記号で象徴したが、あまりに明白なそのひとつの形は、どんな秘密も解きあかしてくれはしなかった。

女よ、あるとき林を歩む私は、あなたの匂いにおおわれた。その匂いはあなたのからだから発しながら、あなたとあなたの棲む世界を区別せず、かえってあなたと世界との親密さそのものの匂いであるかのように感じられた。その匂いによって私はいつまでも不可知な世界へといざなわれたと言っていい。

女よ、あるときあなたは私の夢の裡で、皮膚と筋肉と骨を失い、血液と粘液の絶えまない流れとなって私を包み、私に滲みこんできた。私はあなたを見ることができず、触れることもできず、一個の点となって浮遊した。

女よ、あるときあなたは人間のかたちして私に話しかけた。あなたと私はそっくりのズボンをはき、似たように煙草をふかし、同じような言語を話した。あなたと私は同じひとつの計画のために協力さえした。が、そのときあなたは十分にあなたではなかったのだ。

女よ、あるときあなたは台所に立って、菜っ葉を刻んでいた。その音は私に永遠を幻想させ、私の生活の秩序はあなたに拠っていると錯覚させた。あなたのからだをめぐる正確な韻律に和することができると私は思ったが、そのひとつの歌は他の歌を疎外するものでもあったのだ。

女よ、あるとき私はあなたを名のあるひとりの個人として識別することができなかった。ひとりのあなたに重って無数のあなたがいて、しかしあなたはひとりだった。あなたの出自、あなたの経験、あなたの化粧のしかたによってあなたはあなた自身だったが、あなたとのもっとも深いむすびつきにおいて、あなたはあなたを失い、私は私を失った。

女よ、あるとき私はあなたと別れた。いかなる法もいかなる道徳も、それを妨げることはできなかったけれど、それ故にこそ私は知った。男と女との間に出現する愛と呼びならわされている感情こそ、その恣意性によってすべての道徳、すべての法を生むものであることを。

女よ、あるときあなたは私の名を呼んだ。そのとき私は初めて無名ではなくなった。世界中の無数の男の中から唯一のものとして私は択ばれ、あなたに名づけられることによって私は私となった。そのとき私は男以上のものであった。

女よ、あるときあなたは烈しい嫉妬をあらわにした。あなたの表情にあらわれたものは、理性によっては決して到達することのできない、人間の生存の条件をあきらかにした。あなたは未生以前からの私の仇敵であり、そこではどんなユーモアもその場しのぎに過ぎぬだろう。

女よ、あるとき私はあなたの体内深く入っていった。あなたは高い叫びをあげたが、あなたと私の求めていたものを快楽とだけ呼んでいいのだろうか。私たちは互いを互いの道具としたのではない。永遠に未知なる者同士の束の間の遭遇に、宇宙は一瞬その素顔をのぞかせる。

女よ、あるときあなたはあなたの役割を完璧に演じ、私は私の元型に忠実に従い、あなたと私との間にしばらくの均衡が保たれた。そこで私の感じた幸福は、怠惰な安楽と区別しがたいものだったのか、それともあの平明な実在感こそ、人間のもち得る唯一の至福だったのか。

女よ、あるときあなたはなかば目覚め、なかば夢見る意識をもって、私を真似ようとした。その下手な模倣はしかしあなたと私との間の距離を縮めはしなかった。あなたは私に出会うだけでなく、私の背後へと突き抜けるべきである。私の背後の混沌にあなた自身の流動する秩序を見出すべきである。

女よ、あるときあなたは、根を絶たれた植物として私の目前に横たわった。工業と商業の時代にあなたは地母神の幻で私をあざむき、私の信じるすべてに無言の嘲笑を投げかけ、あなたの胎たる暗黒の宇宙に、視覚を失った目を向け、聴覚を失った耳を傾けた。
女よ、あなたの生きるすべてのときに、祝福あれ！

展墓

第一の死体は紙縒(こより)の髪を逆立て
鶉卵の眼をぎょろつかせ
納屋の裏手の水溜りから立ち上った
〈私の陰門をくぐった者よ帰っておいで
私はいつまでもお前を待っている〉
と彼女は私に言った

第二の死体は青空色の静脈の枝に
葡萄の鬱血をたわわに実らせ
草いきれの中で揺れていた

〈何故私を収穫しないのか
お前の手に握られている大鎌を見よ〉
と彼女は私に言った

第三の死体は蠟細工の耳をそばだて
合成樹脂の鼻をひくつかせて
ガスレンジの焔に溶けかかっていた
〈私に問いかけるがいい
私が答を知っていることを忘れるな〉
と彼女は私に言った

第四の死体は色とりどりの管をぶら下げ
みずからの脳を透視しながら
病院の白い敷布の泡の中から生まれ出た
〈私はくり返しよみがえる
私はお前のいやはての幻なのだから〉

と彼女は私に言った

第五の死体は陶器の肌を沈ませ
紅をさした唇をうすく開き
人形を商う店先の埃にまみれていた
〈私はまがいものなのだ
私に祈ることで得る安らぎもまた〉
と彼女は私に言った

第六の死体はすでに歌う骸骨と化し
水子の頭蓋のマラカスを手に
謝肉祭の雑踏にまぎれていた
〈私を讃めたたえよ
私の前でいかなる雑言も詩となるだろう〉
と彼女は私に言った

第七の死体は貝の剝身(むきみ)の臓器をあらわにし
鱗におおわれた指を硬直させ
もつれあう藻の間から浮かび上った
〈私はあらゆる処にひそむ
未生の胎児すら私の隣人である〉
と彼女は私に言った

第八の死体は緑青(ろくしょう)の息を吐き
灰と化した不随意筋を痙攣させながら
都市の曇天から舞い落ちてきた
〈誰が私を葬ってくれるのか
いつわりの涙で私を欺けると思うのか〉
と彼女は私に言った

第九の死体は腹に宿木(やどりぎ)を茂らせ
無数の毛根を空にそよがせて

水鏡の細波(さざなみ)に揺れていた
〈怖れずに私をみつめよ
私はお前だ〉
と彼女は私に言った

そうして第十の死体は
もう何処にもみつからなかった
鳥に啄まれ雨に打たれ
風に吹き散らされ星に照らされて
祀る者たちの立ち去ったいま
遺されたのは朽ちかけた言葉の棺のみである

石垣

石垣は枯木の根元から始まっていて

霜焼の手を前掛に隠した女は
ゆるやかな丘の彼方へ目を挙げる
男が溺死した後も嫉妬は消えないのだ

石垣は枯木の根元から始まっていて
首輪のない犬が川を渡る
遠くで煙が一筋空へと昇ってゆき
行商人はながながと立小便をしている

石垣は枯木の根元から始まっていて
それがいつ積まれたものか誰も覚えていない
夢の中では何度も人が殺されたが
血のいろは見えなかった

石垣は枯木の根元から始まっていて
刺草(いらくさ)の茂みへと崩れている

金茶の鱗を光らせる小さな蛇が
からだをくねらせて脱皮している

石垣は枯木の根元から始まっていて
老人は大声でひとりごとを言う
くり返されるかに見えるすべてが
もうとり返しがつかない

石垣は枯木の根元から始まっていて
その写真の中に幼児がひとりいる
泣き出す寸前のしかめっつらで
じっとまだ見えぬ自分の墓をみつめる

石垣は枯木の根元から始まっていて
青年は不意にその細部を思い出す
窓から甘たるい香料の匂いが入ってきて

彼はゆっくりと眠ってる女に近寄る

石垣は枯木の根元から始まっていて
傷ついた兵士が喘いでいる
裏切ったのか裏切られたのかも知らず
ただ陽の沈む方角へと逃れてきたのだ

石垣は枯木の根元から始まっていて
黒衣の人々の行列がつづく
喪を祝うかたちは
その源を太古の闇に紛れこませている

石垣は枯木の根元から始まっていて
青白い乳房がむき出しにされる
透明な乳の雫が乳首からしたたり
叫ぶような子守唄が笑い声に途切れる

石垣は枯木の根元から始まっていて
その上に蝸牛が銀の道を残す
分厚い書物に閉じこめられた饒舌が
何ものをも呼び喚こさない午后

石垣は枯木の根元から始まっていて
少女は一心に仕返しを考えている
青草を握りしめたてのひらは汗ばみ
微風は音もなくほつれた髪にさわる

石垣は枯木の根元から始まっていて
侏儒が小走りに蝶を追う
その構図を覗きこみながら
監督は少年の尻を思い出している

石垣は枯木の根元から始まっていて
空高く一羽の鷲が舞っている
傾いた道標の文字は日々うすれつつ
海へ至る道を指している

石垣は枯木の根元から始まっていて
よりかかる女の裾へ
男は乱暴に生臭い左手を差し入れる
右手の指に火のついた煙草をはさんだまま

石垣は枯木の根元から始まっていて
祭壇に捧げられたかのように
その下で一匹の野兎が死んでいる
生きようとしたがそこで力つきたのだ

石垣は枯木の根元から始まっていて

苔むした石の間に蜘蛛がひそんでいる
その情景は誰の眼にも触れない
丘の上で人々の踊っているのが見える

石垣は枯木の根元から始まっている

『詩めくり』より

——一九八四年　マドラ出版

二月二十日

明日で満九十歳になるという日の朝
カラスミを食べながら
元社会主義者はグレゴリオ聖歌を聞いて
涙を流している
まだ何ひとつ終っていない

四月十八日

ワード・プロセッサは
三万五千八百四十五字の漢字を記憶したまま

スクラップ置場で突然の夕立にあった

五月六日

青空のむこうに星が無数に透けていて
左右対称の館が野のはてに立っている
いつのまにか世界は終っていたのだ
ささやかな感情にまぎれて
なんの意図もなく

八月二日

いやしくも一度は私が首吊った木よ
売るんならちゃんとした値で売って頂戴

の二行を削りますと
大声で演出助手が叫んだ

八月二十九日

子どもはスキップしながら
三途の川のほとりまで来た
河原の石を択んで水切りを始めた
すぐにそれにも飽きるだろう

九月二日

ルオーはパレットの上に絞り出した
ぎらぎら輝く油絵具の緑をみつめながら

ゆっくり年老いていった

十月二十六日

ナイロン靴下で覆面した男が
交番で銀行への道を訊ねている
どんな凶行もとうの昔に
神話の中で演じられてしまっているのに

十一月六日

言葉がぎっしりつまっている
きみの詩集を隅から隅まで読んでも
情報過負荷になることがないのは嬉しい

詩はどんな情報も伝えないから
むしろ情報を一瞬にして霧化してくれるから
というお葉書　有難う存じました

十二月十五日

僕はこの日に出現したとされていると
戸籍課の依田さんは言います
ありがとう依田さん
おめでとう僕
誰か何かくれ

十二月二十日

ものには幅はおろか高さがあり
かてて加えて奥行すらある
いたるところで人間は
寸法を計りたがっていて
次々に新しい単位を考え出す

『よしなしうた』より

――一九八五年　青土社

かがやく　ものさし

それは　ものさしだった
みたこともない
おおきな　ものさしだった
みわたすかぎりの
くさはらに　たって
あきのひに　かがやきながら
いったいなにを　はかっていたのか

おもわず　ひざまずいた
わたしの　めから
なみだが　こぼれた

ああ　なぜ
ああ　どうして
わたしは　けしごむを
なくしてしまったのだろう

うみの　きりん

とおざかる　とおざかる
すいへいせんへと
およぐ　きりんが
とおざかる
なみのうえの　ほそいくび
ちょこんと　つきでた
にほんの　つの

おなかには
ふるさとの　きのめ
くさのは
ゆっくりと　はんすうし
はんすうし
とおざかる　とおざかる
うみの　きりんよ

かわからきた　おさかな

おさかなが　かわからやってきた
どこをみてるのか　わからない
うつろな　めをして
おさかなは　おさらのうえによこたわる
なにかはなすことが　あるらしいが

もちろんくちは　きけない
とけいが　十じをうつ

くらいよるの　そらのしたを
おさかなのすんでたかわが　ながれている
いしと　いしのあいだで
かすかになまぐさく　みずはよどみ
それから　ちいさなおとをたてて
みずくさを　そよがせながら
うみへと　むかう

はがき

はがきはそのひ　いらいらしていた
じまんの　まっしろなからだに

いわゆるかなくぎりゅうの　もじを
びっしりと　かきこまれたからだ
おまけに　そのぶんめんには
かんたんふが　ななつもでてきた
じぶんでじぶんを　やぶりたくなる！

だが　はがきのいらいらなんて
なんとも　のんびりしたものである
ポストへのみちみち　はがきはみた
おんなのこが　とがったおしりをまるだしに
さくらのこかげで　おしっこしてるのを
うすぐらいポストのそこで　はがきは
いらいらしながら　〈うひょひょ〉といった

かお

そいつはとても　かなしげなかおをしたが
だからといって
はながたかくなった　わけでもなかったし
めがながれだした　わけでもなかった
そいつのかおは　いますぐにでも
わらいだすよういを　ととのえていた
あいかわらずの　めはなだちで

で　へそはといえば
そんなときも　かおいろひとつかえなかった
しんぞうも　しぶとくみゃくうち
あしのうらは　みずむしでむずむずした
ペニスだけは　いちおう

しょんぼりしてたが
それはべつに　じまんにならない

いとこは　おどる

つるつるの　しゃしんのなかで
いとこが　いるかとおどっている
8　28　5　39
しろいすうじが　うきだして
だがいとこは　じかんをわすれて
たのしげに　ものうげにおどっている
もう　しんでいるのに

そのあとで　いとこはいるかとねたという
そのあとで　すももをひとつたべたという

わたしには　きこえる
ポルカの　ピッチカートが
そしてわたしは　しっている
そのひも　やがてひがしずみ
きぎが　やみにまぎれたことを

ゆうぐれ

ゆうがた　うちへかえると
とぐちで　おやじがしんでいた
めずらしいこともあるものだ　とおもって
おやじをまたいで　なかへはいると
だいどころで　おふくろがしんでいた
ガスレンジのひが　つけっぱなしだったから
ひをけして　シチューのあじみをした

このちょうしでは
あにきもしんでいるに　ちがいない
あんのじょう　ふろばであにきはしんでいた
となりのこどもが　うそなきをしている
そばやのバイクの　ブレーキがきしむ
いつもとかわらぬ　ゆうぐれである
あしたが　なんのやくにもたたぬような

『いちねんせい』より

ぼく

そくたつかきとめで　ぼくはきた
みらいの　いつかから
ぼくのめは　だいやもんど
ぼくのくちは　ばらのはなびら

あおぞらのとびらを　あけ
ほしのかけらを　しゃぶる
おとなのなくとき　ぼくはわらい
おんなのこに　じぶんをまるごとあげる

てのひらで　たいへいようをすくい

――一九八八年　小学館

くじらに　さんすうをおしえてもらう
だれにも　とめられない
ゆめのなかで　ぼくがまいごになるのを

あいしてる

あいしてるって　どういうかんじ?
ならんですわって　うっとりみつめ
あくびもくしゃみも　すてきにみえて
ぺろっとなめたく　なっちゃうかんじ

あいしてるって　どういうかんじ?
みせびらかして　やりたいけれど
だれにもさわって　ほしくなくって
どこかへしまって　おきたいかんじ

あいしてるって　どういうかんじ？
いちばんだいじな　ぷらもをあげて
つぎにだいじな　きってもあげて
おまけにまんがも　つけたいかんじ

あな

はまべにあいた　あなひとつ
のぞいてみたら　かにがいた
みちでみつけた　あなひとつ
のぞいてみたら　ひとがいた
へいにあいてる　あなひとつ

のぞいてみたら　おこられた

からだにあった　あなひとつ
のぞいてみたら　うんこさん

そらにぽっかり　あなひとつ
のぞいてみたら　まっくらだ

そら

かぜにのって　とんでいるのは
あれは　かざはな
ほうきにのって　とんでいるのは
まいごの　まほうつかい

おともなく　とんでいるのは
えいせいの　かけら
あてどなく　とんでいるのは
てからはなれた　ふうせん

いそがしく　とんでいるのは
みえない　でんぱ
おっこちそうに　とんでいるのは
ゆめのなかの　きみ

にじ

わたしは　めをつむる
なのに　あめのおとがする
わたしは　みみをふさぐ

なのに　ばらがにおう

わたしは　いきをとめる
なのに　ときはすぎてゆく
わたしは　じっとうごかない
なのに　ちきゅうはまわってる

わたしが　いなくなっても
もうひとりのこが　あそんでる
わたしが　いなくなっても
きっと　そらににじがたつ

『はだか』より

さようなら

ぼくもういかなきゃなんない
すぐいかなきゃなんない
どこへいくのかわからないけど
さくらなみきのしたをとおって
おおどおりをしんごうでわたって
いつもながめてるやまをめじるしに
ひとりでいかなきゃなんない
どうしてなのかしらないけど
おかあさんごめんなさい
おとうさんにやさしくしてあげて
ぼくすききらいいわずになんでもたべる

――一九八八年　筑摩書房

ほんもいまよりたくさんよむとおもう
よるになったらほしをみる
ひるはいろんなひととはなしをする
そしてきっといちばんすきなものをみつける
みつけたらたいせつにしてしぬまでいきる
だからとおくにいてもさびしくないよ
ぼくもういかなきゃなんない

うそ

ぼくはきっとうそをつくだろう
おかあさんはうそをつくなというけど
おかあさんもうそをついたことがあって
うそはくるしいとしっているから
そういうんだとおもう

いっていることはうそでも
うそをつくきもちはほんとうなんだ
うそでしかいえないほんとのことがある
いぬだってもしくちがきけたら
うそをつくんじゃないかしら
うそをついてもうそがばれても
ぼくはあやまらない
あやまってすむようなうそはつかない
だれもしらなくてもじぶんはしっているから
ぼくはうそといっしょにいきていく
どうしてもうそがつけなくなるまで
いつもほんとにあこがれながら
ぼくはなんどもなんどもうそをつくだろう

はだか

ひとりでるすばんをしていたひるま
きゅうにはだかになりたくなった
あたまからふくをぬいで
したぎもぬいでぱんてぃもぬいで
くつしたもぬいだ
よるおふろにはいるときとぜんぜんちがう
すごくむねがどきどきして
さむくないのにうでとももに
さむいぼがたっている
ぬいだふくがあしもとでいきものみたい
わたしのからだのにおいが
もわっとのぼってくる
おなかをみるとすべすべと

どこまでもつづいている
おひさまがあたっていてもえるようだ
じぶんのからだにさわるのがこわい
わたしはじめんにかじりつきたい
わたしはそらにとけていってしまいたい

むかしむかし

むかしむかしぼくがいた
すっぱだかでめをきょろきょろさせていた
いまのたいようとおなじたいようが
あおぞらのまんなかでぎらついていて
いまのかぜとおなじかぜが
くさのうえをさあっとふいてきた
がっこうはなかったけれどぼくはいた

おもちゃはなかったけれどあそんだ
ほんはなかったけれどかんがえた
はんばーぐはなかったけれどうんちをした
さびしくなるとなぜかわからずにないた
おかしいときはなにもわからずにわらった
おなかにあるおへそがふしぎで
いつもゆびでさわりながらねむった
そしてゆめのなかではへびのあめがふり
ぼくはうまれたりしんだりした
むかしむかしどこかにぼくがいた
いまここにぼくはいる

ひみつ

だれかがなにかをかくしている

だれかはわからないけれど
なにかもわからないけれど
それがわかればきっとなにもかもわかる
ぼくはいきをとめてみみをすました
あめがじめんにあたってぴちぴちいってる
あめはきっとなにかをかくしている
それをしらせようとしてふってくるのに
ぼくにはあめのあんごうがとけない
あしおとをたてないように
そうっとあるいてだいどころをのぞくと
おかあさんのうしろすがたがみえた
おかあさんもなにかをかくしている
でもしらんかおしてだいこんをおろしている
こんなにひみつをしりたがっているのに
だれもぼくになんにもおしえてくれない
ぼくのこころにはあながあいていて

のぞいてもくもったよぞらしかみえない

はな

はなびらはさわるとひんやりしめっている
いろがなかからしみだしてくるみたい
はなをのぞきこむとふかいたにのようだ
そのまんなかから　けがはえている
うすきみわるいことをしゃべりだしそう
はなをみているとどうしていいかわからない
はなびらをくちにいれてかむと
かすかにすっぱくてあたまがからっぽになる
せんせいははなのなまえをおぼえろという
だけどわたしはおぼえたくない
のはらのまんなかにわたしはたっていて

たってるほかなにもしたくない
はだしのあしのうらがちくちくする
おでこのところまでおひさまがきている
くうきのおととにおいとあじがする
にんげんはなにかをしなくてはいけないのか
はなはただきいているだけなのに
それだけでいきているのに

解説——二十億光年以上の孤独

高橋源一郎

ぼくは今年から大学で教えはじめた。なにを教えているかというと、いろんなものの読み方と書き方。「いろんなもの」というぐらいだから、そこには、詩も小説も、つまり文学も、それから、それ以外のものも入っている。ある時は、ピアニストの書いた、音楽みたいな文章を読んで、それのどこがすごいのかをみんなで考え、別の日には、ラヴレター（誰に宛ててもよし）を書いてきてもらい、それを全員の前で朗読する。「先生、名前を読むのだけは止めて！」という生徒たちの願いを聞き入れ、誰が書いたのかは言わない。うん、きみたち、文章を書くのは苦手なのに、ラヴレターを書くのは、なんでこんなにうまいの？　ユーモアがあって、真情もこもって、表現も堅苦しくなくて、ほんと素敵。実は、読んでもらう相手がはっきりして、なおかつ、なんのために書くかもはっきりしているラヴレターこそ、あらゆる文章の基礎になるものなんだ。

——というようなことを、授業で教えている。その、言葉のレッスンの最中に、こんなことがあった。

「詩を読んだことのある人は?」

ほぼ全員。

「詩を好きな人は?」

ちらほら。

「よく詩を読む人は?」

ゼロ。なるほど。

「じゃあ、先生が、いまから黒板に書く詩人の名前で、聞いたことのあるものは?」

島崎藤村、ぱらぱら。中原中也、ぱらぱら。高村光太郎、三人。ランボー、二人。

ボードレール、一人。谷川俊太郎、全員(!)。

そこで、ぼくは、いま生きている日本の有名詩人たちの名前も、そこに書き加えた。

Aさん、ゼロ。Bさん、ゼロ。Cさん、ゼロ。ダメだ、こりゃあ。

「ところで、きみたち、どうして、谷川俊太郎さんを知っているの?」

——教科書で読んだ。

——絵本を読んだ。

——新聞に詩が載ってた。

——テレビに出てた。

——お母さんがファン。

――スヌーピーが好きだから。

「つまり、きみたちみんなが、詩人で名前を知っているのは、谷川俊太郎さんだけっていうわけ？」

――はい。

「それで、谷川さんの詩も読んだことがあるんだね？」

――はい。

「じゃあ、それって、どんな詩？　覚えてる？」

――えっと、えっと、忘れた……。

「それでは、きみたちに、谷川さんの詩を代表するものを一つ、ここに書いてあげよう」

おならうた

いもくって　ぶ
くりくって　ぼ
すかして　へ
ごめんよ　ば

おふろで　ぽ
こっそり　す
あわてて　ぷ
ふたりで　ぴょ

（『わらべうた』）

どよめく生徒たち。笑いと歓声。
「はいはい、きみたち。静粛に。で、感想は？」
――超カッコイイ！

これは授業で実際にあったこと。もし、詩（や詩人）について、同じ質問をしたら、日本中のどこでも、おそらく同じような答が返ってくるにちがいない。そして、それは、次のようなことをぼくたちに教えてくれる。即ち、日本人が知っている詩人といえば、谷川俊太郎ひとりだということを。

いつ頃から、そんな風になってしまったのだろう。有史以来、幾千万（はいないかな。だったら、幾百万）の詩人たちが、日本語というものを使って、詩という、この世でもっともたいせつな表現を作り上げてきた。つまり、幾千万（もしくは幾百万）の、有名・無名の詩人たちがいて、億兆もの詩を書いてきた。そして、いまや、谷川俊太郎さんひとりが残った。

いや、そんなことはない、と言う人もいるだろう。確かに、谷川さんは有名だ。名前を知られている。詩も知られている。でも、この世には、過去も現在も、たくさんの詩人がいて、たくさんの詩が存在している。谷川さんは、たくさんたくさん存在している詩人たちの中のひとりにすぎないと。

でも、違うんじゃないかな。ぼくはそう思う。谷川さんは、たくさんの詩人たちのひとりじゃない。それは、谷川さんの詩を読んでみればわかる。谷川さんの書いている詩以外のものを読んでみればわかる。いや、谷川さんを見ていると、わかる。世間の人たち（ぼくの授業にやって来る学生とか）は、そうやって、谷川さんがたったひとりの詩人であることを見抜いた。見抜けないのは、世間の人たちの方ではなく、たくさんいるらしい、詩人たちの方だ。

本書『谷川俊太郎詩選集』第二巻を読んでいるだけでも、ここには、なんでもあることがわかる。いわゆる、「現代詩」みたいなもの、物語のようなもの、小説みたいなもの、日記みたいなもの、童謡みたいなもの、ふざけている（ように見える）もの、真剣なもの、駄洒落(だじゃれ)や言葉遊びみたいなもの、子どもが書いたみたいなもの、老人が書いたような感じのするもの、方言みたいな喋(しゃべ)り方のもの、初々(ういうい)しいもの、ふてぶてしいもの、その他なんでも。ああ、ないものが一つだけあった。つまらないものだ。

谷川さんの詩には、すべてが入っている。だから、世間は（みんなは）、谷川さんをただひとりの詩人と認定したのだろうか。

そうじゃない。そんなことで世間は（みんなは）騙されない。だいたい、詩人というものは、みんな、すべてを書こうと思い、中には、ほとんどすべてについて書いたように見えた詩人だっていたのである。

そう、谷川さんは、それ以上なのだ。


それ以上。「すべて」以上。

ぼくは、そのことについて考える。

谷川さんは、「すべて」について詩を書こうとは思わなかったに違いない。ただ、詩を書いたのだ。そして、詩を書く他に、谷川さんは、英語のマンガを翻訳し、童話を書き、歌詞を作り、シナリオを書き、教科書を書いた。生きることが当然であるように、谷川さんは、当たり前に書いた。谷川さんは、日々を生きる人たちに向けて、それらを書き、送り届けた。谷川さんは、日々、生まれては消える、言葉の大河の畔に立ち、膝まで漬かり、流れ行く言葉の冷たさ（と温かさ）を感じ続けた。谷川さんの詩の言葉は、そこから来る。つまり、どこまでも変化し続ける（膨張する）、言葉の宇宙から。そう、だから、ぼくたちは、谷川さんの詩を読みながら、なおかつ、その外に、変化して止まない、巨大な言葉の空間を感じることができる。

ぼくたちが、谷川さんの詩を「すべて」以上と感じる理由は、それだ。

おそらく、あらゆる詩人たちは、「すべて」を書こうと試みる。そして、その「すべて」を一篇の詩に閉じこめようとする。

そして、もちろん、谷川さんの詩にも、「すべて」がある。だが、谷川さんの詩と、他の詩人たちとの詩を決定的に分かつのは、「すべて」の外にあって、広がり続けていく宇宙の存在なのだ。

宇宙がもし、二十億光年の半径を持つなら（いまはもっと広いと思われているけれど）、谷川さんは、その外にいる。谷川さんは、二十億光年の宇宙よりなお遠い、広がりつつある宇宙の果ての向こうにいて、そこから詩を送り届ける。

そんな詩人が他にいないことを、世間の人たちはよく知っているのである。

谷川俊太郎　年譜

田原／編

一九三一年（昭和6）
十二月十五日、東京信濃町の慶応病院で帝王切開手術により生まれる。哲学者・文芸評論家の父徹三（36歳）と母多喜子（34歳）のひとりっ子である。

一九三六年（昭和11）　5歳
高円寺にある聖心学園に入園。幼稚園で天国と地獄のあることを教わった、また西洋の神様に家族の健康を毎晩祈る。幼時から夏はほとんど浅間山麓の北軽井沢にある父の別荘で過ごす。このことが、感受性形成のひとつの核になるとともに、作品にある「自然風景」と「植物」の原点である。近隣に野上弥生子宅や岸田国士宅。

一九三八年（昭和13）　7歳
杉並第二小学校に入学。何度も級長をつとめたが学校が楽しかった記憶はない。模型飛行機作りや機械いじりを好む。音楽学校出身の母からピアノを学ぶ。

一九四四年（昭和19）　13歳
畑の中の校舎である都立豊多摩中学校に入学。

一九四五年（昭和20）　14歳
五月、空襲が激しくなった。高円寺の焼跡へ自転車で行き焼死体を見る。七月、京都府久世郡淀町の母方の祖父の屋敷に母と疎開。九月、京都府立桃山中学校へ転学。
一九四六年（昭和21）　15歳
三月、迎えにきた父と一緒に焼け残った杉並の家に帰る。豊多摩中学校（現・都立豊多摩高校）に復学。ベートーヴェンに夢中になる。
一九四八年（昭和23）　17歳
北川幸比古らの影響で詩作を始め、四月、復刊された〈豊多摩〉に「青蛙」他三篇を発表。十一月、ガリ版刷りの詩誌〈金平糖〉に「かぎ」と「白から黒へ」という二篇の八行詩を発表。
一九五〇年（昭和25）　19歳
学校嫌いが激化、度々教師に反抗する。父の本棚にあった本、『宮沢賢治童話集』などを熱心に読み始める。〈蛍雪時代〉や〈学燈〉などに詩を投稿。成績低下し、定時制に転学して卒業する。大学進学の意志は全くなくなっていた。十二月、三好達治の推薦で〈文学界〉に「ネロ他五篇」が掲載される。
一九五一年（昭和26）　20歳
二月、〈詩学〉の推薦詩人の欄に「山荘だより1・2・3」が掲載される。岩佐東一郎、城左門、安西冬衛などの詩に感銘を受ける。
一九五二年（昭和27）　21歳
六月、処女詩集『二十億光年の孤独』を創元社より刊行。
一九五三年（昭和28）　22歳
七月、詩誌〈櫂〉同人に参加。十二月、詩集『六十二のソネット』（一九五二年四月から一九五三年八月までの間に、書いた百篇あまりのソネットから選んだもの）を創元社より刊行。
一九五四年（昭和29）　23歳
六月から一九五六年一月まで、鮎川信夫と〈文章倶楽部〉の詩の選評を担当。詩人の岸田衿子と結婚。新居は台東区谷中初音町の岸田宅。

一九五五年（昭和30）　24歳

別居。西大久保の四畳半のアパートに転居。銭湯になじめず杉並の実家に風呂に入りに行く。ラジオ・ドラマを書き始める。

一九五六年（昭和31）　25歳

九月、自作の写真と詩の『絵本』を的場書房より刊行。十月、離婚。

一九五七年（昭和32）　26歳

九月、初のエッセイ集『愛のパンセ』を実業之日本社、『櫂詩劇作品集』（同人七人と寺山修司の作品を含む）を的場書房より刊行。新劇女優大久保知子と結婚して青山に転居。貯金をはたいて自動車シトロエン2CVを購入。

一九五八年（昭和33）　27歳

五月、『谷川俊太郎詩集』（解説＝長谷川四郎）を東京創元社より刊行。九月、父の敷地内に家（篠原一男設計）を建てる。

一九五九年（昭和34）　28歳

十月、評論集『世界へ！』を弘文堂より刊行。石原慎太郎、武満徹、山川方夫らとシンポジウム「発言」に参加。毎日新聞で大江健三郎らと対談。

一九六〇年（昭和35）　29歳

長男賢作誕生。三幕喜劇「お芝居はおしまい」（劇団四季上演）を書く。

一九六二年（昭和37）　31歳

一月から、〈週刊朝日〉に時事諷刺詩連載開始（翌年十二月まで。のちに『落首九十九』として刊行）。十二月、「月火水木金土日の歌」でレコード大賞作詞賞受賞。

一九六三年（昭和38）　32歳

長女志野（現在ニューヨーク在住）誕生。

二月、リオデジャネイロで謝肉祭を見物。

一九六四年（昭和39）　33歳

東京オリンピックの記録映画製作に参加。

一九六五年（昭和40）　34歳
一月、『谷川俊太郎詩集』（全詩集版）を思潮社より刊行。十一月、「鳥羽」シリーズを〈現代詩手帖〉に発表。私家版の絵本『しりとり』（絵＝和田誠）を刊行。

一九六六年（昭和41）　35歳
七月、ジャパンソサエティフェローとしてヨーロッパとアメリカを旅行。アムステルダムでフェルメールを初めて観る。

一九六七年（昭和42）　36歳
四月、帰国。記録映画『京』の脚本を書く。

一九六九年（昭和44）　38歳
五月、絵本『しのはきょろきょろ』（絵＝和田誠）をあかね書房より刊行。十一月、『現代詩文庫27　谷川俊太郎詩集』を思潮社より刊行。漫画『ピーナッツ』の翻訳を開始。万国博の政府館やみどり館などの企画、制作に参加。

一九七〇年（昭和45）　39歳
四月、アメリカに招かれ、ワシントンで開かれたアメリカ国会図書館主催の国際詩祭に参加。

一九七一年（昭和46）　40歳
三月〜五月、田村隆一、片桐ユズルらとアメリカ各地で詩朗読旅行。七月、家族とともにヨーロッパ旅行。十二月、〈櫂〉同人らと連詩の創作活動を開始。

一九七二年（昭和47）　41歳
四月、『谷川俊太郎詩集　日本の詩集17』を角川書店より刊行。八月〜九月、ミュンヘン・オリンピックを観に行き、記録映画『時よとまれ君は美しい』で、市川崑監督のオムニバス部分の脚本を書く。十一月、『ことばのえほん1・2・3』（絵＝堀内誠一）をひかりのくにより刊行。

一九七三年（昭和48）　42歳
市川崑監督作品『股旅』の脚本執筆に参加。十一月、〈ユリイカ〉臨時増刊「谷川俊太郎による谷川俊太郎の世界」を青土社より刊行。

一九七四年（昭和49） 43歳

十二月、渋谷ジァンジァンにて粟津潔、林光ら友人と月一回の対談シリーズを翌年にかけて行なう。父徹三との対談を含む対談集『対談』をすばる書房盛光社より刊行。

一九七五年（昭和50） 44歳

五月、大岡信との対談集『詩の誕生』をエッソ・スタンダード石油広報部より、六月、初の英訳詩集『WITH SILENCE MY COMPANION』（W・I・エリオットと川村和夫訳）がPrescott Street Pressより刊行。『マザー・グースのうた1・2・3』（絵＝堀内誠一・草思社）により日本翻訳文化賞受賞。

一九七六年（昭和51） 45歳

二月、小室等とLP『いま生きていること』をつくる。絵本『わたし』（絵＝長新太）を福音館書店より刊行。『マザー・グースのうた4・5』を草思社より刊行。詩集『定義』と『夜中に台所でぼくはきみに話しかけたかった』に与えられた高見順賞を辞退。

一九七七年（昭和52） 46歳

六月、ロッテルダムで開かれた「ポエトリー・インタナショナル77」に参加。波瀬満子らと「ことばあそびの会」設立に参加。八月、『新選谷川俊太郎詩集』を思潮社より刊行。九月、大岡信との対談集『批評の生理』をエッソ・スタンダード石油広報部より刊行。

一九七八年（昭和53） 47歳

四月、志野、アメリカ留学。テレビ番組「ルーブル美術館」の脚本を書く。九月、LP『ことばとあそぼう』を監修。

一九七九年（昭和54） 48歳

七月、母多喜子入院。

一九八〇年（昭和55）　49歳
七月、チャールズ・シュルツ宅を訪ねる。
一九八一年（昭和56）　50歳
三月、賢作結婚。四月、テレビ番組「カラヤンとベルリンフィル」の企画と構成に参加。十月、『わらべうた』（絵＝森村玲）を集英社より刊行。
一九八二年（昭和57）　51歳
四月、写真集『SOLO』をダゲレオ出版より刊行。ギャルリーワタリにて写真展、ビデオ作品「Mozart, Mozart!」を会場で公開。八月、絵本『せんそうごっこ』（絵＝三輪滋）をぱるん舎より刊行。
一九八三年（昭和58）　52歳
二月、『日々の地図』で読売文学賞受賞。五月、寺山修司死去、弔詩を読む。六月、寺山修司との「ビデオ・レター」完成。七月、演劇集団円上演台本「どんどこどん」を書く。
一九八四年（昭和59）　53歳
二月、母多喜子死去。十月、アメリカ各地で詩朗読旅行。楠勝範とビデオ雑誌〈いまじん〉を創刊。
一九八五年（昭和60）　54歳
八月、北欧旅行。十一月、ニューヨークの国際詩委員会に招かれ、吉増剛造らと朗読旅行。同月、詩集『よしなしうた』で現代詩花椿賞受賞。
一九八六年（昭和61）　55歳
三月、「いつだって今だもん」を演劇集団円が上演。六月、ギリシャ旅行。九月、父徹三とパリ、バルセロナ、アムステルダムを巡る。
一九八七年（昭和62）　56歳
一月、自作ビデオ「NUHS・AV」の市販を開始。三月、「いつだって今だもん」で斎田喬戯曲賞受賞。十月～十一月、W・I・エリオットや川村和夫らとニューヨークで朗読会、引き続き大岡信らと西ベルリンで連詩創作に参加、チューリッヒで朗読会。

一九八八年（昭和63） 57歳
五月～十月、カセットブック『谷川俊太郎、自作を読む』（1・2・3）を草思社より順次刊行。十月、『はだか』（絵＝佐野洋子）で野間児童文芸賞受賞。十一月、『いちねんせい』で小学館文学賞受賞。十二月、詩集『メランコリーの川下り』を思潮社とPrescott Street Pressより日米同時刊行。

一九八九年（平成元） 58歳
三月、連詩『ファザーネン通りの縄ばしご』を岩波書店より刊行。九月、父徹三死去。十月、離婚。

一九九〇年（平成2） 59歳
四月、『だれ？』（絵＝井上洋介）を講談社より刊行。五月、佐野洋子と結婚。九月、作家同盟の招待により、高良留美子らとロシア、エストニア旅行。十月、大岡信とフランクフルトで連詩創作に参加。続いてフランス、モロッコを旅行。

一九九一年（平成3） 60歳
三月～四月、ホノルルとニューヨークに滞在。八月、国際比較文学会での連詩創作に参加。十月、白石かずこらとイングランド、ウェールズ、スコットランド各地で朗読と連詩創作。

一九九二年（平成4） 61歳
三月、『女に』で丸山豊記念現代詩賞受賞。六月、ロッテルダム国際詩祭に参加。九月、関東ポエトリー・セミナー、ダブリン朗読会に参加。その後、南仏を旅行。

一九九三年（平成5） 62歳
三月、エルサレム国際詩祭に参加。四月、ロンドン、サウス・バンク・センターでの詩朗読会に参加。六月、チューリッヒ日本祭の一環として、大岡信と共にスイスの詩人らと連詩創作。十月、『世間知ラズ』で第一回萩原朔太郎賞受賞。十一月、仏のヴァル・ドゥ・マルヌ国際ビエンナーレに佐々木幹郎らと参加。

一九九四年（平成6） 63歳

六月、バリ島旅行。九月、ネパール観光。十月、トロント国際作家祭に参加。十一月、編著『母の恋文』を新潮社より刊行。

一九九五年（平成7） 64歳

一月〜五月、前橋文学館で「谷川俊太郎展」が開催される。一月、詩集『モーツァルトを聴く人』（別売自作朗読CD付）を小学館より刊行。三月、ハワイ旅行。十一月、ロスアンゼルス観光。

一九九六年（平成8） 65歳

一月、朝日賞受賞。二月、武満徹死去。長男賢作のバンドDIVAと演奏・朗読を始める。四月、大江健三郎らとの対談集『日本語と日本人の心』を岩波書店より刊行。七月、離婚。十二月、カトマンズで佐々木幹郎と共に地元の詩人らと朗読会。

一九九七年（平成9） 66歳

一月、バース旅行。九月〜十月、DIVAと九州、関西、北海道をまわる。

一九九八年（平成10） 67歳

三月、DIVAとアメリカ東海岸でコンサートツアーと朗読・録音旅行。五月、シドニー作家祭に参加。十月、上海、蘇州、北京を旅行。十一月、ロンドン国際詩祭、アルダバラ詩祭に参加。英語版の詩選集で英国のSasakawa財団翻訳賞受賞。

一九九九年（平成11） 68歳

七月、インド旅行。九月、瀋陽、北京、重慶、昆明、上海ほか中国各地で詩人たちと交流。ヘブライ語詩集『女に』（A・Takahashi とAmir Or訳）がイスラエルで刊行。

二〇〇〇年（平成12） 69歳

四月、デンマーク語訳選詩集刊行を機に、

コペンハーゲンで朗読、マルメ国際詩祭に参加。十月、『谷川俊太郎全詩集』（CD-ROM版）を岩波書店より刊行。大岡信、高橋順子らとロッテルダムでの日蘭連詩発表に参加。

二〇〇一年（平成13）　70歳

三月、大連、北京、上海で中国の詩人らと交流。七月～八月、アメリカ旅行。

二〇〇二年（平成14）　71歳

一月、『詩集』（六冊の詩集収録）を思潮社より刊行。四月～五月、南アフリカ・ダーバンでの「ポエトリーアフリカ」に参加。六月、中国語版の『谷川俊太郎詩選』（田原訳）を作家出版社より発刊、七月、北京大学で開かれた「谷川俊太郎詩歌シンポジウム」に参加。その後、昆明、上海など各地の詩人らと交流。十月、『minimal』（W・I・エリオット、川村和夫による英訳併録）を思潮社より刊行。十一月、大岡信らと静岡連詩に参加。

二〇〇三年（平成15）　72歳

三月、国際交流基金の招きにより、賢作と共にケルン、ベルリン、リガ、パリで朗読演奏旅行。三月～十月、池袋ジュンク堂書店で「谷川俊太郎書店」の店長をつとめる。

二〇〇四年（平成16）　73歳

一月、二冊目の中国語版『谷川俊太郎詩選』（田原訳）を河北教育出版社より刊行。

二〇〇五年（平成17）　74歳

三月、中国語版『谷川俊太郎詩選』で第二回「21世紀鼎鈞双年文学賞」受賞、北京で行なわれた授賞式に出席。五月、詩集『シャガールと木の葉』を集英社より刊行。六月～七月、コロンビア・メデジンでの国際詩祭に参加。

収録詩集一覧

『定義』思潮社　1975年９月
『夜中に台所でぼくはきみに話しかけたかった』青土社　1975年９月
『誰もしらない』（現代日本童謡詩全集３／絵＝杉浦範茂　作曲＝寺島尚彦　宅孝二　冨田勲　中田喜直　林光　小林秀雄　湯山昭　服部公一　磯部俶　諸井誠　いずみ・たく　湯浅譲二　大中恩）国土社　1976年２月
『由利の歌』（絵＝長新太　山口はるみ　大橋歩）すばる書房　1977年8月
『タラマイカ偽書残闕』書肆山田　1978年９月
『質問集』（草子８）書肆山田　1978年９月
『そのほかに』集英社　1979年11月
『コカコーラ・レッスン』思潮社　1980年10月
『ことばあそびうた　また』（絵＝瀬川康男）福音館書店　1981年５月
『わらべうた』（絵＝森村玲）集英社　1981年10月
『わらべうた　続』（絵＝森村玲）集英社　1982年３月
『みみをすます』（絵＝柳生弦一郎）福音館書店　1982年６月
『日々の地図』集英社　1982年11月
『どきん』（絵＝和田誠）理論社　1983年２月
『対詩　1981.12.24～1983.3.7』（正津勉との共著）書肆山田　1983年６月
『スーパーマンその他大勢』（絵＝桑原伸之）グラフィック社　1983年12月
『手紙』集英社　1984年１月
『日本語のカタログ』思潮社　1984年11月
『詩めくり』マドラ出版　1984年12月
『よしなしうた』青土社　1985年５月
『いちねんせい』（絵＝和田誠）小学館　1988年１月
『はだか』（絵＝佐野洋子）筑摩書房　1988年７月

編者略歴　田原（ティィエンユアン）（Tian Yuan）

1965年11月10日中国河南省生まれ。91年5月来日留学。2003年『谷川俊太郎論』で文学博士号取得。現在、東北大学で教鞭をとる。中国版『谷川俊太郎詩選』を二冊翻訳出版したほか、北園克衛など日本の現代詩人作品を翻訳。中国語、英語による詩集で、中国、アメリカ、台湾などで詩の文学賞を受賞している。2001年第1回「留学生文学賞」（旧ボヤン賞）受賞。2004年日本語で書かれた詩集『そうして岸が誕生した』を刊行。

「谷川俊太郎詩選集」について

◎本作品集は、谷川俊太郎のすべての詩集（2005年5月現在）から詩篇を編んだ、文庫オリジナルの全3巻の選集である。

◎収録作品は編者田原が択び、原則として各詩集の刊行年順・詩集収録順に配置した。ただし、『十八歳』は作品制作時の年代に位置する場所へ収めた。

◎詩作品のほかに「あとがき」を収めたものもある。

◎校訂は、各初版本を底本とした。ただし、拗促音は並字を小文字にし、誤植等は著者了解のもとに訂正した。

◎文庫化にさいして、底本のルビ（振り仮名）は生かし、難読と思われる漢字には著者の校閲を得て新たにルビを加えた。ただし、幼児のための絵本詩集のルビははずしたものがある。

◎常用漢字・人名用漢字の旧字体は新字体にあらため、その他は原則として正字体とした。

◎初版本を底本とする本選集は、今日ではその表現に配慮する必要のある語句を含むものもあるが、差別を助長する意味で使用されていないことなどを考慮し、すべて作品発表時のままとした。

集英社文庫

谷川俊太郎詩選集 2

2005年7月25日 第1刷
2024年12月18日 第6刷

定価はカバーに表示してあります。

著 者 谷川俊太郎
編 者 田 原
発行者 樋口尚也
発行所 株式会社 集英社
東京都千代田区一ツ橋2-5-10 〒101-8050
電話 【編集部】03-3230-6095
【読者係】03-3230-6080
【販売部】03-3230-6393(書店専用)

印 刷 中央精版印刷株式会社 株式会社美松堂
製 本 中央精版印刷株式会社

フォーマットデザイン アリヤマデザインストア マークデザイン 居山浩二

ISBN978-4-08-747846-4 C0192